eromanga sensei

U0073855

紗霧的
新婚生活

情色漫畫老師

插畫◆かんざきひろ
伏見つかさ

9

Kadokawa Fantastic Novels

情 ero manga sensei 色 漫 畫 老 師
第一章

第一章

——哥哥，我……有喜歡的人。

我們兄妹坦率說出隱瞞的過去，第一次互相理解。

「那個，哥哥。」

「我可以……不要再叫你哥哥了嗎？」

「我可以……不要再假裝自己是妹妹了嗎？」

「我想……我想…………成為的，並不是家人——」

看到妹妹流淚說著，我決定——

情色漫畫老師

「紗霧——跟我結婚吧。」

向她求婚。

原本難過地低下頭的紗霧，聽到我這突如其來的求婚……

「……………………咦？」

就抬起頭來，露出剛才我好像講了什麼不得了的發言——這樣的表情。

「咦……那個……」

紗霧臉上依舊留有淚痕，同時驚訝不已。

「……你……剛才……說什麼？」

是我聽錯了？一定是這樣吧？

即使看到心裡應該這麼想的妹妹，我的決心還是毫無動搖。

我再次跟她四目相交，重新說一次：

「紗霧，跟我結婚吧。」

「咦咦咦……！」

紗霧彷彿被開槍射中般整個人向後仰。

「什什什……你、你突然說這什麼……！」

「我一直在想……我是把妳當成一名女孩子在喜歡。」

「呼哇……啊。」

紗霧的嘴角不停顫抖。

「我不想把妳讓給任何人。就算妳有其他喜歡的人，直到最後一刻我都不打算認輸……所以從以前就決定要等『我們的夢想』實現後，到時我就再次向妳告白並且求婚。」

「……啊……嗚……」

紗霧聽完我的告白後，似乎因為太過突然而沒辦法做出任何回應。

她的臉頰有如發燒般染成淡紅色，雙眼咕溜溜地轉，好像馬上就要昏倒一樣。

想必講出這些話的我，也跟紗霧一樣吧。

心跳不斷加速，心臟好像快爆炸一樣。

「紗霧。」

紗霧不想當我的妹妹。

而我想要擁有家人。

既然如此，我希望她成為不是妹妹的家人。

「跟我結婚，然後永遠在我身邊吧。」

「～～～～～～～～～～～～～～～～～」

紗霧那泛紅的臉龐逐漸變得更加通紅。

不久後，她像是再也無法忍受似的用雙手遮住臉。

「等、等等……等一下！稍微等一下啦！」

「啊、好……」

看到紗霧的反應，我也稍微冷靜下來。

雖然趁勢開口講了出來，但是仔細想想，趕進度也該有個限度。

用這種方式告白真的好嗎？還是應該等到夢想實現的瞬間再講比較好吧？

真是搞砸了，雖然這麼想……卻完全沒有後悔的念頭。

以結果來說，也只是早講跟晚講的差別而已。

那麼，總比讓妹妹繼續露出那種痛苦的表情要好多了。

我們面對面坐著。

紗霧從白皙的手指縫隙間偷看我。

「那個……」

接著迷惘似的頓了一會兒後。

「…………哥哥。」

她跟平常一樣這麼叫我。

然後放下遮住臉的雙手，害羞地說：

「結、結婚…………不行。」

「這樣……啊。」

果然不行啊——聽到紗霧所說的過去，知道我們相遇的事情，又聽到紗霧說不想叫我哥哥的這句話。

心想，說不定紗霧喜歡的人……是我。

如果說我沒有懷抱這種期待，那就是騙人的。

可是。

不是這樣嗎？是我誤會了嗎？

除了我以外，紗霧還有另外喜歡的人——

「不、不是啦！」

彷彿猜到我內心的想法，紗霧連忙這麼說。

她身體用力向前傾，結結巴巴地拚命解釋。

「不是那種意思！那個……就是……嗚嗚……這、這還太早了啦！」

「還太早……的意思是……」

「我、我跟哥哥還、還不能結婚是因為……！我……我才十三歲而已……！所以說，那個……還沒辦法……結婚對吧？」

「咦……」

這次輪到我啞口無言。

還沒辦法結婚，這表示……

在我腦筋轉過來之前，紗霧更進一步地說：

「而、而且啊……你也跳過太多程序了！突然說要結婚……為什麼變成這種結論啦！我也有自己的計畫啊！你這樣會嚇到人啦！笨蛋！」

「是、是喔……抱歉。」

「聽不懂別人在罵什麼就不要道歉！」

由於被她說中，讓我只能縮起身體。

奇怪……我明明是在求婚才對……為什麼會變成被妹妹說教？

「……呼……哈……」

紗霧深呼吸讓心情沉靜下來。

她的雙手撐在前方的地板，一口氣靠到我面前。

「好了！哥哥……仔細聽好。我剛才講到一半的話……沒有確實將意思表達出來的話……現在我就徹底講清楚。」

「喔、喔喔……」

紗霧一改生氣的態度，真摯地注視著我。

她吐出一口氣，表情溫柔地鬆緩下來。

和泉正宗曾用三百頁的情書向和泉紗霧告白……

跟那時相同，她懷抱著哀愁與憐愛——

「我……有喜歡的人。」

這是過去拒絕我的台詞。

不過，只有一點不同。

「那就是——」

就是還有後續。

「你。」

紗霧微笑著，像是終於說出口了。

「我喜歡你。」

這為我帶來甚至讓心臟停止的衝擊。

「從第一次相遇的很久以前開始……我就喜歡上你了。」

我明明有在聽，可是卻幾乎無法理解她在說什麼。

「跟兩年前初次相遇時比起來，我現在更加更加喜歡你。」

淚水潸然流下。

明明知道不能移開視線，也明白自己必須仔細看清楚，但視線變得模糊……

看到這麼遜的我，紗霧也開始流淚。

「謝謝你願意喜歡上我。」

「……嗯。」

「你願意永遠跟我在一起……這讓我非常非常地……開心。」

「嗯……！」

我用袖子拭去淚水，抬起頭來。

就看到紗霧那淚中帶笑的臉龐。

「……我想成為的不是家人……所以……」

這樣說後，紗霧用愛的告白回應我的求婚。

「請你跟我交往。然後……將來有一天，請讓我成為你的新娘。」

──這孩子就麻煩你多多照顧了。

我回想起媽媽把紗霧託付給我時的事情。

從那時候開始，我就一直思考怎麼樣才算是「照顧」她。

雖然我不知道這能不能當成答案。

「好，我絕對……會讓妳幸福。」

我賭上自己的一切，立下這個誓言。

就這樣。

我和沒有血緣關係的妹妹變成了戀人。

開口求婚，被拒絕，被告白，答應對方。

雖然平安無事地開始交往了——

但我跟紗霧在那之後就這麼面對面坐著，完全無法動作。

「呃……紗霧…………………接、接下來該怎麼辦？」

「就、就算你問我……這種事。」

我們動作僵硬地看著對方。

雖然雙方都是職業創作者，也知道好幾種戀愛喜劇裡的告白場景。可是我們卻連在現實戀愛中，成為男女朋友後該做些什麼都不知道。

——如果是戀愛喜劇漫畫或小說，在這裡轉換場景或是日期會比較穩定啦。

但可惜這是現實，沒辦法那麼方便就跳到下一段劇情去。

再說現在還是早上，就算是小說，要把時間直接跳到隔天也很難寫。

「妳剛才……是不是有說妳也有計畫？」

「如果成為哥哥的女朋友……我也姑且想過很多……想做的事情。」

女朋友——這個詞真的讓我覺得心癢難耐，聽起來真是心神蕩漾。

「是、是嗎？那麼，要做那些事嗎？」

「不、不是色色的事情喔！」

「我知道啦！」

雖然真的有一瞬間這麼期待，但我還是得這麼說！

「那麼，呃……紗霧，請說吧。」

紗霧說聲「嗯。」並點點頭，然後抬頭看著我說：

「首先是……稱呼。」

「這是指？」

「畢竟好不容易開始交往了……我想要改成跟以往不同的稱呼……像是……叫綽號之類的。」

……呼嗯。

在戀愛喜劇類的作品裡，改變稱呼也算是個蠻重要的劇情。

「來試試看吧。雖然這麼說，但臨時也想不到什麼呢。要叫小紗霧嗎？」

「加小的感覺好像怪怪的。」

她好像不太滿意。

「是喔……那要怎麼叫才好？」

「跟以前一樣叫我『紗霧』就好了，因為我只想要改變對哥哥的稱呼而已。」

「啊，這樣呀。既然如此，隨便妳想要怎麼稱呼都可以喔。」

「知道了……那我要喊嘍。」

紗霧輕咳一聲之後——

「宗宗♡」

「…………………」

「因為是……『正宗』……所以叫宗宗……如何？」

「…………………」

「怎麼不說話？」

因為比想像中的稱呼還羞恥，所以我很動搖啊！

「那個，紗霧？雖然我知道妳很努力想……但可不可以別叫宗宗？」

「不要。」

「拜託啦！」

是怎樣？她很中意這個叫法嗎？

我快拜倒在地要求她「變更綽號」，而紗霧就終於屈服了。

「唔……那這樣的話……」

她噘起嘴唇，提出第二個方案。

「小正♡」

「不要可愛系的好不好！」

今後每次只要紗霧叫我，都會「啊啊啊啊啊啊啊啊啊啊！」地大叫吧！

雖然我很開心啦！

「哎呦～……才剛開始你就一直抱怨。」

「就是因為剛開始才要抱怨啊！」

我堅決拒絕。

「那這個如何……小宗♡」

「不行！」

「正正♡」

「換一個！」

「好啦。那麼……雖然有些老套，那就妥協叫阿正吧。」

「就說不行了吧！」

跟剛才根本沒差多少嘛！

「唔～～那要什麼樣的綽號才行嘛！」

「難道不能普通地叫名字嗎？從以前的『哥哥』改成『正宗』──我想這樣已經充分散發出變親密的感覺了。」

「對我來說，感覺沒有變呀。因為我在心裡一直都是叫哥哥為『正宗』嘛。」

「……這、這樣啊。」

我的臉頰瞬間開始發燙。

「意思是說，妳一直以來都是把我當成異性看待……」

「才、才不是！」

紗霧把雙手伸到前方，打斷我的台詞。

「不是嗎？」

「是、是沒錯啦……但是不對。」

是這樣但又不對，那到底是什麼意思？

紗霧沒有回答我的疑問，而是忸忸怩怩地扭動身體。

「那麼……那個……我要喊嘍……？呃——」

「正、正宗。」

「————」

不過只是單呼名字，竟然有如此強大的破壞力！

我果然是在作夢吧？

我竟然在跟紗霧交往……太幸福了，實在令人無法相信。

紗霧的雙眸水汪汪，然後「正宗……正宗……」地喊了好幾次我的名字。

接著將雙手抵在臉頰上說：

「嘿嘿……總、總覺得……好害羞。」

真虧那些有女朋友的人沒有休克而死。

我都已經瀕臨死亡了。

而紗霧更刻意逼近到暈頭轉向的我面前。

「正宗……這次……可以……請你聽聽……我最重要的願望嗎？」

「不管什麼都儘管來吧！」

啊啊啊啊啊啊啊啊啊啊啊！這樣子根本不可能拒絕吧！

咚！當我拍胸膛答應後，紗霧說出這樣的「願望」：

「既然成為我的男朋友了，就去清算一下你跟其他女性的關係。」

「…………………………」

冷汗都瞬間爆出來了。

不是……該怎麼說……？清算女性關係……我還以為這種台詞只會出現在電視劇裡。

「……請問這是什麼意思呢？」

我用敬語回問，紗霧立刻一臉認真地回答：

「小妖精跟小村征。」

「…………………」

「去清算吧。」

只說簡短的字句還真可怕。

看來如果劈腿的話，我的女朋友是會徹底追究的恐怖類型。

「沒、沒什麼好清算的吧！」

我坦承地解釋。

「一來我又沒做虧心事，也有好好講清楚喔！說『我有喜歡的人了，所以無法跟妳交往』這樣！」

我發誓自己講的話絕無虛偽，但是冷汗卻流個不停。

「……那是什麼時候說的？」

「去海邊集訓的時候。」

對妖精倒是說過好幾次。

「你說『我有喜歡的人了，所以無法跟妳交往』……這樣？」

「對。」

「會講這句話就代表……你被告白了？被小妖精跟小村征告白？」

「呃、這個嘛……是這樣沒錯。」

我直到現在還不敢相信。自己居然會被那麼多美少女們——喜歡上。

雖然最不敢相信的，就是眼前的紗霧。

「……呼～嗯～」

紗霧瞇起眼睛直盯著我看，不久後小聲地說：

「根本沒有清算完嘛。」

「不、不是……那是誤……」

「完全沒有清算完嘛。」

紗霧用冷淡的眼神重複說。

「你要再去好好拒絕掉才行。跟她們說你已經有我……這個女朋友了……所以不能跟其他女孩子交往……」

她似乎說到一半就開始感到害羞，聲音越講越小聲。

即使如此我還是聽見了。於是我用爽朗的心情站起身。

「——也對，我知道了。我現在——就去跟她們兩個說！」

「這個你一起帶去。」

被扔過來的東西，是正在通話的智慧型手機。

疑心病還真重——

就說我會確實去講嘛。

正因為這樣。

我馬上把手機塞進口袋，前往妖精跟村征學姊所在的地方。就在一樓的客廳。她們兩人正在代替難得休假的我準備午餐。

「哎呀，征宗，飯馬上就要煮好了喔。」

妖精邊擦桌子邊說。看來今天是村征學姊負責煮飯，廚房裡傳來烤魚的聲音。味道好香。

「其實，我有很重要的事情要跟妖精和村征學姊說——」

我邊探進廚房裡邊這麼說。

「哎呀，征宗學弟。」

穿著圍裙，用菜刀切醬菜的村征學姊注意到我，並轉過頭來。

菜刀的刀刃閃爍著光芒。

「有話跟我們說？呼嗯，是什麼事情呢？」

「………………」

這件事可以對裝備菜刀的村征學姊說嗎……？

可是這個人還真適合拿刀子。

「那個……啊。」

當我打算開口時，背後傳來妖精說「等一下。」的聲音。

「是很重要的事情對吧？那等吃完飯再說吧。」

像她如此懂得察言觀色的人，說不定已經察覺到我要講的內容了。

用完餐後，我在整理乾淨的桌子面前對她們兩人說：

「我跟紗霧交往了。」

沒有任何多餘的前言，一開口就直接這麼說。

「所以，我不打算跟紗霧以外的任何人交往。」

…………………………

我等著兩人的反應。

現階段來說，她們兩人——沒有反應。不，雖然很細微……不過還是有動作。

村征學姊露出不可思議的驚訝表情看著我。

妖精則像在默默地思考些什麼。

又過了幾十秒後，妖精溫柔地笑著發問：

「是你先告白的？還是——紗霧告白的？」

「是我開口求婚的，說請跟我結婚吧……結果她說雖然現在還沒辦法結婚……但是請跟她交往，我就被告白了。」

「這樣呀，該說很有你們的風格嗎——首先，恭喜啦。」

由於她講得太乾脆，讓我不停眨眼。

妖精看了就噗哧一聲地笑出來。

「那是什麼表情啊。難道說你以為本小姐這個戀愛喜劇大師妖精大人，會沒有預料到這種發展嗎？」

果然沒錯，妖精在我剛才打算說出口時……不，應該在更久之前就已經知道我跟紗霧會開始交往……應該是這樣吧。

「那當然啦，本小姐從一開始就知道你們兄妹兩人握有最終王牌，而且還保存到現在，實在令人不可思議。像這樣提前出現的發展，嗯……本小姐也早已做好心理準備了，也知道這個結果會把本小姐逼到超級不利的局面。」

妖精的這種說法，是用遊戲在比喻吧。

她更接著說：

「身為天才戀愛喜劇作家的本小姐，非～常討厭讓告白場景前後的劇情變得很鬱悶。順帶一提，本小姐也討厭直接寫出『我是不會放棄的』這種台詞。本小姐的女主角如果站在跟本小姐相同的立場，一定會這樣說——」

啪！妖精拍響桌子並且站起來。

「給我記牢了！我的計畫不會有所改變！絕對會從此開始逆轉局面，讓你哭著向我求饒！」

如此勇猛地大喊。

接著轉過身，要從現場——

華麗地離開時，正在喝茶的村征學姊講了一句話：

「有妳講得那麼不利嗎？」

「……………………」

帥氣轉過身的妖精定住不動。

「……妳剛才說什麼，村征？」

「沒什麼……畢竟我已經向征宗學弟告白，也被拒絕過一次，理由是他有喜歡的人。而現在，他就向我們報告他跟那個喜歡的人開始交往了。」

「是啊。」

「狀況有像妳說的一樣，改變那麼多嗎？」

「完全不同啊！『有喜歡的人』跟『有女朋友』差很多好嗎！」

「是這樣嗎？差在哪邊？」

「所以說，要用戀愛喜劇來比喻的話——」

這時村征學姊伸手打斷妖精的話。

「妳總是立刻拿創作來比喻，但創作跟現實是不同的吧。」

「唔……」

「雖然忘記書名叫什麼了——就是那本，妳已經寫完的現代戀愛喜劇作品。那對在最後結為連理的主角跟女主角，說不定在那之後會意外地輕易分手喔。要不然也可能一下子就死掉。」

「等等，妳說這什麼話！不要把本小姐嘔心瀝血創作出來的完美大團圓結局蒙上那種不吉利的陰影好嗎！他們會維持結尾的那種關係，然後永～遠活在讀者們的回憶裡頭！絕對不會發生分手或是死掉這種哀傷的事情！因為那是本小姐決定打死也不會寫續集的作品！」

「這我完全有同感。作者擁有把完結作品封存起來的權利——讓故事停留在幸福時光的權利。還有以大團圓結局完結的作品，裡頭的登場人物在作者撰寫續集為止，都能過著幸福快樂的生活。」

正因為如此才有趣，學姊如此說道。

「可是現實不一樣，不會退燒的戀情與永遠的愛情只存在於創作之中——因此才能夠熱情如火……這是我最近注意到的事情。」

「妳想說什麼？」

「意思是我會獲勝。」

村征學姊沒有大聲吶喊，而是坐在位子上平淡地說著。

「他現在喜歡紗霧，僅是如此而已。不管征宗學弟跟誰交往，只要最後能和我共築幸福的家庭就好——我有自信確定結果會是這樣。畢竟……」

村征學姊對我露出妖艷的微笑。

「你……應該比以前更加喜歡我了吧？」

這我可沒辦法否認。

「學姊是我的恩人、朋友與競爭對手……光是喜歡這個詞可完全不夠。」

不過——

「我在這世界上最喜歡的人還是紗霧，也認為這段戀情永遠不會冷卻。」

這段對話結束後——在「不敞開的房間」裡頭。

「唔～～～～～～～～嘎～～～～～～～～」

我可愛的女朋友正在大吵大鬧。

就像在都心大鬧的怪獸一樣，她不斷搖著屁股，從口中發射出看不見的熱線。

「紗、紗霧妳冷靜點。」

「囉唆！小村征好難纏、小妖精又好帥氣，正宗是…………哎呦！笨蛋！」

紗霧一口輕咬上我的手，眼睛瞇成><(X字)字型，並且不停啃著。

「為什麼啊！我明明有把該說的事情都說了吧！」

「是有說沒錯啦！但、但素那句話！但素那句話！太羞恥了啦！隔著電話聽到那句話，害我差點想要放聲大叫！」

不知道是害躁還是真的生氣，紗霧氣勢洶洶地對我的右手施加攻擊。

我也用差不多激動的情緒說：

「不好意思我就是這麼老實！我才不管什麼現實跟創作是不同的！不管幾次都會這麼說！」

我抓住紗霧的手，瞬間拉近兩人臉龐的距離。

「我喜歡妳！從今以後也會一直喜歡妳！有意見嗎！」

「…………沒、沒有。」

也許是因為我在近距離大喊，紗霧搖搖晃晃，雙眼咕溜溜地轉著。

紗霧終於平靜下來以後，我用認真的聲音問她：

「那……妳呢？」

「咦？」

「妳怎麼想？」

「……唔咦……這、這是要我說出口嗎？」

我默默地點頭。

「只是讓我說出真心話，太奸詐了吧。」

「……呃……這個……」

紗霧的嘴巴不斷顫抖。

然後向上瞟了我一眼。

——真的非說不可嗎？

——真的。

經過這樣的眼神交會後，過一陣子。

「……喜、喜……喜……」

紗霧因為太緊張與羞恥，不只是嘴唇，全身也都不停顫抖。

……這傢伙沒問題吧？

正當我有些擔心時，我的女朋友終於在我面前講出那句話。

而且是很用力地——

「偶喜番你！」

「………………………………………………」

唔……！噗……不、不行……！不能笑……！要忍住……！

如果這時候爆笑出來，搞不好會演變成分手！

「我……我也會……永遠喜番正宗！」

又吃螺絲了。

不行，被戳中笑點……噗唔……！肚子好痛……！快笑出來了……！

可是好高興！真的超級開心……！

我按著肚子，身體向前傾並微微顫抖。

「唔……嗚嗚……謝謝妳，紗霧。」

「也、也不用……哭啦……太誇張了……」

看到我淚流滿面的樣子，紗霧陷入動搖。

然後害羞得滿臉通紅。

「……原、原來你這麼高興啊……嘿嘿。」

真的很高興，而且超好笑的。

「那個，該怎麼說……」

事到如今我才開始臉紅。

「剛才的對話……還好沒被任何人聽到呢。」

「～～～～～～～～～～～～」

我的頭被輕輕敲了一下。

紗霧鬧彆扭地把頭別過去，然後邊瞄向我邊開口說：

「……然後，就是剛才的後續。」

「呃……喔，就是完成『妳想做的事情』嗎？」

「嗯。」

紗霧點點頭。

「接下來輪到正宗了。」

「我？」

「是啊，只有完成我想做的事情的話很奸詐……」

「沒關係啦，妳開心的話我也很高興。」

……說起來，老爸好像也講過類似的話。

我想那一定也是這種心情吧。

雖然是發自內心的話語，但紗霧似乎不能接受。她頑固地重複說道：

「不行，接下來輪到正宗了。」

「我知道了啦。」

我勾起微笑，把手指抵在下巴思索。

「嗯～我想跟女朋友一起做的事情啊……有什麼事呢……」

「不用客氣，畢竟你已經幫我完成兩個心願了。」

「這樣啊，那麼就………」

我試著把浮現在腦海裡的模糊想法化為言語。

結果就變成這種台詞了。

「我想做些像夫妻的事情。」

「像夫妻的………唔唔！」

紗霧馬上舉起平板擺出架式。

「不是那種意思啦！」

喂喂，這個攻擊真是好久不見了！

之前明明有說好動畫播放時要減少暴力情節的吧！

沒有啦，其實沒有說好這種事啦。

「所謂像夫妻的事情絕對沒有色色的含意，而是該怎麼說呢……」

該怎麼說才能讓她理解呢。

這不是像紗霧剛才提出的「想要做些成為男女朋友後會做的事情」。

「對了，就像是新婚夫妻會做的事情。」

「……例如說？」

「呃……所以說……就是………想、想想看要幫小孩子取什麼名字之類的。」

「啊啊啊啊啊啊啊！比預料中還要羞恥上百倍！」

紗霧用雙手遮住臉。

「不好意思我就是憧憬這種事情啦！我一開始就說了嘛！我啊！不是想跟妳交往！而是想跟妳結婚！」

「不可能十三歲就結婚吧！」

「就說那是將來的事情嘛！不過正因為現在沒辦法馬上結婚，所以才會要求想做些像是新婚夫妻會做的事情啊！妳有意見嗎！」

「意見超多的！」

她反過來惱羞成怒，並拒絕了我。

為什麼我們要在開始交往當天為結婚的事情爭吵？

真是搞不懂。

紗霧從遮住臉龐的指縫間瞪著我。

「反正是由和泉老師來想，一定也會給自己的小孩取輕小說風格的名字吧？」

「不要把輕小說角色的名字，當成閃亮亮名字（註：指日本近年來有許多父母會為小孩取可愛或讀音特別的名字）的意思來使用好嗎？」

「反正你一定會幫女兒取『和泉一方通行（Accelerator）』這種名字，然後被女兒痛恨幾十年吧？」

「不要突然玩這麼危險的哏啦！」

這種未來也太恐怖。

對孩子而言，這可是攸關一輩子的事情。

要慎重取名才行。

跟取主角的名字一樣慎重。

「那……舉例來說，你會取什麼樣的名字？」

紗霧噘起嘴巴詢問，我立刻拿出早已想好許久的名字。

「如果是男生的話……就叫『霧宗』。」

「太像輕小說了，我不要。」

吾兒的名字立刻被一刀斬成兩半。

我像是剛被退稿的輕小說作家一樣解釋：

「不是啦，這個名字是從父母那邊各取一個字……」

「我知道，但是很像輕小說，我不要。」

「……有很像輕小說嗎？」

「很像輕小說。我話先說在前頭，像是『紗那（夏娜）』這種也不行。」

「妳能讀我的心嗎！」

如果是女孩子的話，就從母親的名字中取一字——我正是這麼想。

「因為我早就摸透了和泉老師的命名模式，所以輕小說作家還是不要幫自己的小孩想名字比較好。」

「妳對輕小說作家太嚴苛了！」

仔細想想，我們從出道以前就認識到現在。

這點程度會被猜到，也許是理所當然的。

紗那（夏娜）有那麼不好嗎……？

紗霧雙手抱在胸前，嚴厲地說：

「小孩的名字不用現在想也無所謂，到時候我再來想就——……」

講到一半……紗霧瞬間滿臉通紅。

「你、你害我講了什麼鬼話啦啊啊啊～～～～～～！」

笨蛋！色狼！變態！紗霧跟平常一樣不停打我。

這些根本不怎麼痛的拳頭——

卻讓我快死掉了。

『接下來輪到我。』

直到紗霧冷靜下來前，我被迫在走廊待機。而手機收到這樣的訊息。

『OK！儘管來！』

我馬上回覆後，她立刻用簡單的文字……

『那去約會吧。』

投下這顆炸彈。

「…………………！」

在雙重層面的含意下，我的全身受到強烈衝擊。

第一個當然是「跟最喜歡的女孩子第一次約會」這個含意。

而另一個是——

「意思是妳要出來外面嗎！」

我對著「不敞開的房間」的門口大喊。

回答以簡訊的方式傳來。

『不是，我不出去。』

我想也是。

呃，但是……要出去約會對吧？那該怎麼辦？

我用簡訊送出疑問後——

『我有不必出門也能約會的方法。我有仔細考慮過了。』

『是、是嗎……』

真是計畫周詳。

『正宗你只要照我說的去做就好！』

紗霧充滿了自信。

總覺得才開始交往，我就被騎在頭上了。

『休假在今天就要結束了對吧？』

「啊，對喔……」

我這麼回答。

『明天開始的幾個月內，可能都沒辦法休息一整天了。』

拚一點的話，也許還是能擠出一兩天。但再來應該就要等工作結束後，再安排屬於我們兩人的時間吧。

『那麼，今天從現在來約會吧。』

喀嚓。房門響起開鎖的聲音。

然後伴隨著嘎吱聲緩緩打開……
換上外出服裝的紗霧從裡頭現身。
「讓、讓你久等了。」
這句話就像遲到的女朋友會說的話。
那是露肩的夏季服裝。我的視線完全被毫無遮掩的鎖骨，以及跟肩帶一樣雪白的肌膚吸引。
「……這、這身裝扮是？」
「真是的……我不說要約會了嗎？」
所以才特地換上這身服裝——似乎是這麼一回事。
紗霧忸忸怩怩地搖晃身體說：
「……正、正宗……這套服裝……怎麼樣？」
「呃……很可愛喔，非常適合妳。」
打扮後的紗霧本身就很可愛，再加上那害羞地詢問的模樣，讓我腦袋感到一陣暈眩。只不過我這發自內心的稱讚，紗霧似乎不滿意。
她鼓起臉頰。
「……正宗你喔，不管我穿什麼都會這麼說吧？」
「沒有啦，因為！我該說些什麼才好？稱讚妳說『這肩帶好性感呢。』會比較好嗎？」
「你、你在看哪裡！受不了你……明明是輕小說作家但詞彙也太貧乏了吧！」

「唔……」

「難道不能用更有變化性的講法來稱讚嗎？」

「咕……！」

還、還真敢講！

「好吧…………別小看輕小說作家！我就集結我所有的技巧來表現妳這可愛的模樣！」

如此激昂地說完後。

「雖然這麼想，但還是沒辦法啊……要把這宇宙第一的可愛程度表現出來，就連千壽村征老師也辦不到。」

唉～～我垂頭喪氣地嘆了一口長長的氣。

抬起頭來，紗霧不知為何露出羞恥的表情，握緊住拳頭顫抖著。

「唔、唔唔……」

「怎、怎麼了？」

「不知道啦！」

紗霧轉身走回到房間裡頭。我也慌忙地從後頭跟上。

關上門後才回過頭，我女朋友生氣地將嘴巴變成ㄟ字形，雙手抱在胸前。

「所以……來約會吧。」

「是。」

由於女朋友很可怕，我只能乖乖回答。

「那麼，說到約會想到什麼？來，撰寫戀愛喜劇小說還完成動畫化壯舉的實力派作家和泉征宗老師請回答。」

紗霧像是猜謎節目的主持人，用通曉事理的表情把話題丟給我。

突然被這麼一問，我一下子只能說：

「咦……接、接吻之類的？」

「接……」

紗霧滿臉通紅，還斷斷續續地發出「什、什……」的奇怪聲音。

「哥——哥哥的腦袋裡只會想些色色的事情嗎！」

啊，變回「哥哥」了。畢竟這個叫法比較習慣嘛。

「沒辦法啊！這可是我出生以來第一次剛交到女朋友耶！就算是《世界妹》的主角，也會只想些色色的事情吧！」

「那個人有好好地為妹妹著想吧！」

「我只想著妹妹啊！」

「不要講得一臉得意啦！變態！」

雖然雙方的論點從中途開始就變得莫名其妙——

「不是這意思啦！我只是想要表示，我對女朋友的態度會比自己作品的主角還要更加誠實而已！」

「你跟輕小說的角色爭這個幹什麼？」

「唔嗚……！」

才剛成為情侶，我們就開始吵架。

「那我反過來問妳，說到約會的話會想到什麼？來，最擅長畫色色插畫的插畫家情色漫畫老師請回答。」

「人家不認識叫那種名字的人！」

「平常那個老哏就免啦——既然妳這樣抱怨，那想必能給我一個非常棒的解答吧？」

「唔……我知道了。」

紗霧很有自信地挺起胸膛。

說到約會的話會想到什麼？紗霧對這個問題會怎麼回答呢。

她舔了一下嘴唇後說：

「叫男朋友把衣服脫掉，這種的吧。」

「妳的腦袋裡只會想些色色的事情嗎！」

真不愧是情色漫畫老師！

「才不是！」

原本以為她會面紅耳赤又慌張失措，但紗霧出乎意料且堂堂正正地反駁。

她張開雙手擺出「大家不要慌，冷靜下來」的動作，始終很鎮定地說：

「這完全不是什麼色色的事情……既然交往了，當然會注意男朋友的穿著打扮……所以女孩子就可以脫掉男朋友的衣服，做任何事情。」

「不要用穩重的語氣講這種腦袋有問題的發言！」

這絕對不是國中女生會講的話！

如果是相反立場的話我馬上會被嫌棄，太不公平了吧！

「唔呵呵……」

紗霧不懷好意地伸出雙手，呼吸急促地逼近而來。

「就是這麼一回事，所以哥哥你快脫吧。讓我摸透你的全身，然後用來繪製插畫！」

「紗、紗霧妳……難道只是看上我的身體嗎！」

我害怕得用雙手環抱住身體。

沒想到我會被迫說出這種現在連創作中都看不見的台詞！

「哎呦～就是因為你每次都用那麼色的講法，聽起來才色色的……正宗真的好色。」

「妳沒資格說！妳真的沒資格說啦！」

紗霧發出「嘎哇～」的可愛吼叫，然後飛撲過來。

我勉強用單手抵住她的額頭，同時說：

「就、就算妳這神祕的男友論是正確的！『這種事情』一般來說是放在約會的結尾吧！怎麼可能會有剛見面就把衣服脫掉的初次約會！」

「……唔。」

正打算解開我皮帶的紗霧，整個人靜止不動。

「有道理。」

「對、對吧？」

好危險，看來總算說服她了。

我從紗霧的魔掌中逃離，重新綁好皮帶後說：

「妳還有其他想做的事情嗎？除了脫掉男朋友的衣服以外。」

這也不是男朋友該講的話吧。

為什麼身為女朋友的紗霧會負責規劃約會行程，還馬上往情色面執行啊。一般來說是反過來才對吧。這跟初次約會就穿角色扮演服來的女性一樣難以置信。

紗霧「唔～」地沉思一會兒後，豎起一根手指。

「那麼…………來去逛街。」

就這麼決定了。

逛街購物——是開始交往的男女一起出去買東西，沒錯，可以說是必備的約會計畫。但是紗霧當然無法從這個房間走出去。

「正宗坐到我旁邊。」

「好喔。」

紗霧說要「去逛街」的話，那就是逛網路商店。

把折疊桌打開後擺上筆記型電腦，我們兩個人開始閱覽網頁。

像這樣肩膀會不時碰觸在一起……還不錯……不如說這真是完美的約會。

「今天呢……要來看正宗的衣服。」

「咦，我的？不是看妳的嗎？」

普通的約會不是應該去看女孩子的衣服，然後由男朋友買給對方嗎？

「嗯，我來選正宗的衣服，然後買給你。」

紗霧這麼說著，對我露出開心的笑容。

「不，這怎麼好意思。」

「沒關係，讓我送你當禮物。因為要紀念初次約會！」

「是、是嗎？」

討厭。

這是什麼狀況？

事先就規劃好約會行程，還溫柔地引導我……

「我覺得正宗很適合這種衣服。」

「真、真的嗎？」

「要是穿上這種衣服，絕對會很帥。」

不但送我禮物……還不停稱讚我……

今天的紗霧姊真是帥氣到亂七八糟。

我明明是男的，心頭卻小鹿亂撞。

「你看好喔～」

紗霧拿出素描簿，快速揮動畫筆。

她畫的是我的插畫，穿著紗霧現在選的衣服。

「應該會是這種感覺，現在下訂的話明天會送到──要穿成這樣給我看喔。」

「喔、好……知道了。不過，妳還是一樣很會買呢……雖然那是理所當然。」

「網路購物就交給我吧！因為我超熟的！」

「這樣啊……真值得信賴……唔哈！」

我忍不住笑了出來。

「？我說了什麼奇怪的話嗎？」

「不，沒有喔──我只是很開心。」

明明只是坐在一起上網而已，為什麼會這麼興奮？

為什麼心跳會那麼快呢？

雖然有點像在扮家家酒，但這樣……也很有我們的風格。

「雖然才剛開始而已……但所謂的交往就是像這樣吧，我是這麼想的。」

做什麼都無所謂。

重要的是兩個人在一起。

「…………」

咚，紗霧用手肘撞了一下我的側腹。

我說「幹嘛啦？」並撞回去。

「不知道啦。」

然後紗霧就把頭撇過去。

「好，接下來換我了。」

「接下來？」

「那當然是換我選妳的衣服啦——當作初次約會的紀念。」

「咦咦～就靠正宗的品味？」

「妳有什麼意見嗎！」

「因為和泉老師總是讓女主角穿上很老土的衣服。」

「喂，等等！妳一直都是這麼認為嗎！這還是我第一次聽說耶！」

「每次都是我替你設想，畫上很可愛的衣服吧？」

「直接跟我說嘛！害我每次都覺得情色漫畫老師總是無視我的內文！」

當然，在那之後我都會修改成符合插畫的內文。

……不過，以結果來說有成功讓角色穿上可愛的服裝，所以這就算了。

「總之我知道了。既然如此……說得也是……紗霧挑出想要的衣服候補，然後由我來決定買哪一件如何？」

「嗯，這樣不錯。我有個常去的網站，就去那邊吧！」

紗霧活力十足地指著前方。

雖然一步也沒有踏出房間，但我的心情彷彿被紗霧牽著手往前奔跑一樣。

開始交往的當天，就這麼度過了……

紗霧吐了口氣後說：

「沒辦法做完所有想做的事。」

「那當然啦，如果真的一天就做完，反而會很困擾吧。」

因為我們要永遠在一起嘛。

「這樣啊……嗯，這麼說也是。」

「我過了一個很棒的假日。」

「那就太好了。」

「明天開始又得要努力工作了——多虧有休息充電，我似乎又能全力以赴了！」

「……不要拚過頭了喔。」

「我知道——這點彼此彼此。」

忙碌的不只是我而已，紗霧的工作量也是不相上下。

紗霧豎起眉說：

「不可以因為『兩人的夢想』快要實現，還有交到女朋友就高興過頭喔。」

聽到這句像是警告的話，我笑著這麼回答：

「要我別高興過頭是絕對不可能的。」

「真是的。」

「不過，會實現喔——」

那樣的話，一定會非常開心吧。

因為我們會大吵大鬧，將我們兄妹懷抱的煩惱全都吹跑。

「等實現以後，我有件事想拜託妳。」

「拜託我？」

紗霧疑惑地指著自己的臉，而我點點頭。

「是啊，我原本是想等一起實現夢想後——要跟妳求婚。可是，這下子計畫全都提前了。」

「唔、嗯。」

想到告白時的對話，紗霧變得滿臉通紅。

「難得有這麼棒的情境，所以我想拜託妳別的事情。」

「……聽到你這麼說，我實在不是很想聽了。」

「哈哈哈，是嗎？不過，妳還是姑且聽聽吧。如果不行的話我就放棄。」

「那是無所謂啦……什麼事？」

好可疑……紗霧用透露這個意思的眼神看著我的眼睛。

而我——

「哪還用說，這是跟求婚一樣重要的事情。」

對她這麼說。

情色漫畫老師
ero manga sensei
第二章

「和泉征宗的休假」第二天。

八月八號，星期一深夜十一點三十分。

我在久違的自己房間裡頭，度過難以入睡的夜晚。

撐過忙碌的巔峰期後，房間的分配恢復成原樣。

提出這個意見的人雖然是妖精，但因為和剛開始交往的女朋友同住一個房間會很糟糕，所以我也答應了。

於是妖精跟村征學姊從今天開始會回到妖精家。

「本小姐自己的原稿也差不多很危險了。」

「暑假期間我會住在妖精家裡，還有需要幫忙時就儘管說吧。」

離開時，兩人留下如此令人感激的話。

她們跟平常完全沒兩樣——但我也覺得這絕對不可能。

如果我站在相同的立場，想必也會說同樣的話。

——明天又要開始工作了，得好好加油才行——

雖然想要像這樣轉換自己的認知，但實在很難辦到。

畢竟知道自己跟最喜歡的女孩子是兩情相悅……然後開始交往……當天又進行了初次約

會……

「唔啊啊啊啊…………」

每次回想起今天的事情，我就痛苦到快昏死在床上了。

好想大聲呼喊紗霧的名字。如果這時候傳ＬＩＮＥ給紗霧真的會一發不可收拾，所以我勉強自制下來……

「跟女孩子交往……各方面來說該怎麼辦才好啊……好想找人請教……！」

就在這個時候。

草薙學長傳了ＬＩＮＥ過來。

【和泉，明天來我家一趟。】

【還真突然，有什麼事情嗎？】

【我也有叫獅童來。】

【發生什麼事情嗎？】

【不要問那麼多啦。】

【因為很可疑所以我不想過去耶。】

【之前我都幫你寫《Pure Love》跟《世界妹》的聯動合作小說了，過來一趟啦。】

【你也太刻意賣人情了！這不是兩碼子事嗎！】

【你應該已經撐過最忙的時期了吧？久違地出來玩一下嘛。】

「唔……」

為什麼我才剛交到女朋友，卻非得跟男人一起出去玩啊。

老實說我是這麼想的，但這也是能跟年長的同性商量的機會。

雖然氣氛好像會怪怪的，但席德似乎也會過來……

我思考一陣子後，這麼回覆：

【傍晚我得去編輯部所以不能待太久，如果這樣你不介意的話我就去。】

【很好！那就下午一點到我家集合喔。】

咚！他傳了地圖位置過來。

……唔哇，草薙學長住在很高級的地方耶。

就因為這樣。

我隔天來到位於新宿，草薙學長居住的公寓。

那是棟非常時髦，由知名建築師設計的公寓。

如果沒有先看過真希奈小姐家，光是抬頭看到外觀我大概就會嚇破膽了吧。

在公寓入口按下電鈴後，草薙學長幫我打開自動門鎖。

來到他告訴我的房間門口時，大門正巧在這時候打開，草薙學長也從裡頭現身。

「嗨，你來啦。」

低沉的沙啞嗓音、全身黑的家居服和誇張的金髮。

這位看起來好像是ＦＦ15隊伍成員的人是草薙龍輝。

是我的作家前輩，撰寫作品是戀愛喜劇小說《Pure Love》。

他或許是剛起床，頭髮四處亂翹，並他用睡迷糊的聲音說：

「進來吧，獅童還沒來就是了。」

玄關處有許多雙鞋子雜亂地擺著。學長一絲不苟地（不知為何還一邊咂舌）把鞋子整理好，騰出一個空間。

我在那裡脫下鞋子，跟著學長走在走廊上。

此時，我在走廊上看見可疑的東西。那是蓋著布且像是櫃子的物體。

「這是什麼啊？」

「是人物模型櫃。如果找女人來時被看見會很麻煩，所以就蓋起來了。」

「…………」

絕對會被問這是什麼吧。

……這個人都是怎麼跨越過那種窘境的？

很難把異性叫來擺滿宅宅周邊的房間，或許是不論職業性別的「宅宅常見情況」吧。

如果問我想表達什麼，那就是我那位能理解宅宅興趣的女朋友最棒了！

「玄關有好多雙鞋子，是有誰來了嗎？」

「好像是。」

好像是……這是什麼曖昧的說法。

這個疑問立刻解開了。

走在前頭的草薙前輩突然發出「喂！」這種像是討債集團的聲音，並把門打開。

結果門後的客廳裡有許多不認識的人聚集於此。

那是群高中生到大學生的男生們。

有的在看漫畫，有的在玩遊戲，有些在組裝ＧＫ模型，各自在做自己喜歡的宅宅活動。

看起來就像宅宅的長臉眼鏡仔、矮個子的娃娃臉、跟草薙學長有點像的帥哥及身材魁武，像是運動員的人等等——可說是種類豐富的成員。

「啊，哥哥你起來啦，那位是你朋友嗎？」

正在組裝ＧＫ模型的帥哥抬起頭來說。

依這情況看來，應該是草薙學長的弟弟與他的朋友——是這樣吧。

他們一派輕鬆地對著草薙學長說「啊，大哥你好呀。」或是「打擾了～」來打招呼。看來草薙學長對他們大喊已經是家常便飯，所以沒有什麼反應。

看到他們這個樣子，草薙學長邊踹飛垃圾桶邊說：

「滾回去！你們這群小鬼！不要把我家當成聚集場所！」

「今天在這附近有活動啦。」

「我們可是特地出遠門跑來的。」

「對吧～」

「我才不管你們有什麼理由！滾．回．去！你們這些學生不要因為是暑假就一直玩，給我回去好好念書！」

「哥哥你不也是尼特族嗎？」

「就說我不是尼特了！」

「當輕小說作家絕對是騙人的。」

「把山田妖精老師帶來我就相信你。」

「沒辦法，我們回家吧。」

「走吧走吧。」

宅宅們一個接一個走出客廳。

在旁邊看著，我就大概了解情況了。

這就是那個——

「暑假時到朋友家玩，可是卻被恐怖大哥哥趕出去的情景」。

算是「暑假常見的情況」之一，但我沒想到自己會站在把人趕出去的這一邊。

心好痛，外面很熱的說。

「真是的……這群死小鬼，弄得一團亂就直接走人。」

草薙學長這麼說完後，開始撿拾零食的袋子。

我也來幫他整理。

環視房間內部。稍微看了一下，感覺是間會被貼上炫耀房間討論串的時髦房間。甚至還有很帥氣的間接照明。

不過只要稍微移動視線……擺著漫畫或輕小說的書架、吉他跟貝斯、模型槍、各式機體或人物模型——

雖然姑且有用窗簾把這些宅宅周邊隱藏起來……但終究是沒辦法請女孩子來的宅宅房間。

即使如此，對我而言……

「這房間真不錯呢。」

「對吧，我是配合動畫化搬過來的。」

學長講出跟妖精很類似的話。

的確……我自己的作品決定動畫化，並且開始製作後……到工作室、編輯部、動畫製作公司等等……為了工作在都內各地移動的機會會大幅增加。

我有實際感受到，如果繼續住在外地應該會很辛苦。

「所以，今天為什麼要集合？雖然你說要久違地出來玩一下，但絕對有什麼內情吧？」

「等獅童過來再說吧——喝咖啡行嗎？」

學長用非常正式的咖啡機，帥氣地開始泡起咖啡。

雖然很有架式，但是我總覺得很好笑。下次拿來當成題材吧。

「辛苦了。」

席德來到草薙學長家是不久之後的事情。

我舉起單手，向走進客廳的他打招呼。

「席德，好久不見。」

「真的好久不見了，和泉。」

這位有著爽朗好青年樣貌的人是獅童國光。

對我來說，是位年長的後輩作家。

他撰寫以甜點為題材的可愛風格小說，是名現役大學生。

「你好像因為動畫很忙碌呢。」

「……總算是跨越了難關，再來就只能交給動畫製作小組了。」

「……這樣啊。」

「就是這樣。」

腳本會議雖然有繼續舉行，但原作者能幫上的忙已經不多了。

要說還能做些什麼的話，就是把一切都託付給動畫製作小組並相信他們，然後做好同甘共苦的心理準備而已。已經盡己所能的爽快充實感充斥著全身上下。

大家聚集在時髦的沙發上坐下，邊喝咖啡邊聊天。

「這麼說來，席德最近怎麼樣？」

「啊，和泉沒有調查我的近況吧？——下下個月就要出新刊了喔！」

他難得一臉興奮地向我報告。

「咦，真的嗎？恭喜你！」

「哈哈哈！謝謝你喔！」

「獅童，你的新刊是『輕小說天下第一武鬥會』那時候寫的那篇嗎？」

「沒錯沒錯！總算！總～～～～～～算能夠出書了！」

決定文庫化以後，已經過了很長一段時間呢。期間好像不斷被退稿與修正，中途還曾經陷入低潮。

……真的終於成功了。

畢竟是曾經被中斷企畫的新系列小說，不管再怎麼努力寫都很難出書。也正因為這樣……

——才會這麼高興吧。

「也請兩位看一下！封面插畫已經完成……你們看，就是這個！」

席德用智慧型手機展示封面圖給我們看。

我跟草薙學長一起把臉湊到智慧型手機前，仔細端詳封面圖。

「喔～畫得真棒，很有氛圍耶！感覺會大賣！」

草薙學長這麼說著。他是個不會講客套話的人，所以應該是真的這麼想吧。

我也跟著點點頭。

「席德，這本的內容跟短篇有不一樣嗎？」

「改了非常多喔，畢竟被退稿過好幾次。不過還是有很多甜點登場就是了。」

「這樣啊。」

我保持著笑容，慎重地詢問：

「看了這個封面跟書名後，只有一件事讓我非常在意…………可以問嗎？」

「請便。」

「席德的新作——是不是變成**蘿莉輕小說**了？」

「正是如此！」

他的反應相當戲劇化，席德非常熱衷地開始講解。

「從低潮中重新振作後……我才發現被年幼的女孩子說『乖喲、乖喲』地安慰，簡直萌到會讓人掛掉！於是我就把這股感受灌注到女主角身上！具體來說就是從女大學生變成了蘿莉！結果作品瞬間變得很有趣！也更能深入表現出主題性！之前被退稿就像假象一樣，企畫不斷猛烈地進行下去……！唔，我寫出了一部超強的作品……！」

席德熱情地暢談蘿莉的美好。

他露出爽朗的笑容。

「哇哈哈！哎呀～該說身為輕小說作家的自己脫胎換骨了嗎？總之就是重獲新生的心情啦！」

這傢伙該不會喝醉了吧。

「怎麼辦，草薙學長！我們的學弟正逐漸踏上不歸路了啊！」

「不要講得好像事不關己！這都是因為和泉你安排跟小學生聯誼才造成的吧！」

「我嗎！」

「你啊，就是你！」

草薙學長指著我的臉追究。

他哼的一聲露出諷刺般的笑容。

「不過，這也沒什麼大不了吧？獅童國光的文風跟蘿莉女主角，不用看也知道超級絕配，以方向性來說是最正確的解答。」

「和泉，發掘自己新的性癖，能讓身為創作者的這一面獲得成長喔。」

這個人已經沒救了。

「唔，你幹嘛露出『這個人已經沒救了』的表情向後退啊？光看封面就下判斷，這不像是你會做的事情耶。」

「與其說是封面，不如說是因為席德之後的發言才退縮的喔。」

該說他是正牌蘿莉控的疑惑越來越強烈了嗎？講含蓄點就是很噁心。

「和泉，你聽好了。我這部新作的隱藏主題是『母性』。」

「明明是蘿莉輕小說？」

「正因為如此啊，雖然我不知道能否讓跟年長姊姊交往的和泉理解就是了……」

因為很麻煩，所以這個誤會我就不打算說明了。

席德擺出拉胚的姿勢說：

「年幼的女孩子突然展現出值得依賴的一面，在疲累時能讓你貼著她撒嬌……不覺得這樣很棒嗎！」

「我懂。」

說起來我也是這樣喜歡上紗霧的。

不過以紗霧來說，比起母性，更像是「值得信賴的大哥」這種帥氣成分。

我迅速伸出右手。

「你懂了嗎？」

席德用力握住我的右手，我也用力握回去。

「……很棒吧。」

「……超棒。」

感覺這是第一次在喜歡的女孩子類型上跟他意見一致。

看到這情景的草薙學長皺起眉頭說：

「獅童的嗯……不，熱情我非常清楚了。但這個插畫，是那個畫蘿莉漫畫的知名畫家吧？」

「很厲害吧？我立刻跑去買整套回來看完了喔。」

獅童露出得意的表情。

「我不是說那個，而是這情況就跟找七●珠作者來畫戰鬥系輕小說的插畫一樣吧？沒問題嗎？如果沒有非常有趣，就會被講『讓畫插畫的人來寫劇情還比較有趣』這種閒話喔。」

「這部非常有趣，所以沒問題！」

過去他曾經如此充滿自信過嗎？

草薙學長用手攬過我的肩膀，小聲說：

「雖然還沒讀過，但依我的感覺看來……………………………這部應該會大賣。」

「我也這麼想。」

「這樣很不甘心，所以在獅童恢復正常之前要用力搧風點火，把他完全變成蘿莉控的採訪報導刊載在網路上。」

「我跟他是同一個責任編輯，所以交給我來處理吧。」

「拜託你了……！」

沒錯……這是為了讓學弟的新作大賣，作為學長的體貼。

我們絕對沒有其他意思。雖然等將來要跨媒體製作時，過去的羞恥報導可能會被挖出來而讓他痛苦不已。但講出真心話，想必能成為一篇可以傳達給讀者的採訪報導。

畢竟真正的蘿莉控都能夠看穿假冒的蘿莉控嘛。

「你們兩個在說些什麼呢？」

「沒什麼啊——對了，既然獅童也來了，就告訴你們今天把你們叫來的真正原因吧。」

「「果然有內情！」」

我跟席德異口同聲地吐嘈。

「是有啊……接下來就要說了……你們做好心理準備了嗎？」

「是、是需要做好心理準備的事嗎？」

「這算是某種鬼故事吧，很有夏天的味道，很不錯吧？」

「是鬼故事嗎……」「……咕嚕。」

我跟席德倒抽一口氣。

草薙學長用他那低沉的沙啞嗓音，開始對我們述說……

「這是幾天前，我實際體驗到的事情。」

「呃，不是那種寫實風鬼故事？」

對於我的問題，草薙學長簡短回了句「是千真萬確的實際體驗」。

「……請、請不要說那種聽到最後會被詛咒的故事喔。」

或許是害怕聽鬼故事，席德已經開始臉色發青了。

這傢伙真像是萌系角色，明明背負著蘿莉控跟喜歡年長女性的雙重苦難。

「我要繼續講嘍……那天晚上，我在新宿車站前的酒吧搭訕一名自稱二十四歲的女孩子。照我的探測器看來實際年齡是二十七歲，是名胸部很大，看起來很色的女性。露出來的胸罩顏色是黑色。」

「描述得莫名詳細但有需要說這麼細嗎？」

「因為這超級重要。然後……請她喝了幾杯以後，總之表面上關係是有進展，勉強到達能向她問到ＬＩＮＥ帳號的程度。」

「是是是。」

「然後我們在店門口道別，我自己一個人回到這間公寓。」

「這不是搭訕失敗了嗎？」

「才、才沒有失敗！重頭戲才要開始！從這裡才要展現我的能耐！」

真的假的？

「話說，這個故事哪算是鬼故事？」

席德也疑惑地歪著頭。

「不要急嘛，你們也太沉不住氣了——接下來終於要進入主題嘍，準備好了嗎？」

我們一起點點頭。

草薙學長輕咳一聲，繼續這麼說：

「我回到家……看了那邊的時鐘，時間應該還沒過十二點。雖然我因為喝了很多而醉了，但還是覺得必須在睡覺前跟那名女性約下次見面，所以立刻用ＬＩＮＥ傳了搭訕的訊息過去。」

我才在想哪有進入主題時……

「而那位二十七歲的女性名字叫做『綾』。」

「「啊……」」

這個突如其來的發展讓人起了雞皮疙瘩！

「難、難道說……你傳給之前來聯誼的小學生『小綾』……」

「你把搭訕用的ＬＩＮＥ訊息誤傳給小女孩了嗎！」

「……對。」

「「好恐怖啊啊啊啊啊啊啊啊！」」

我第一次聽到這麼恐怖的鬼故事！

「你、你你你、你傳了什麼訊息過去？」

「這裡有ＬＩＮＥ的截圖。」

已讀 23:38

對了，這是從我家看到的夜景。
很漂亮吧，不介意的話要不要過來看呢？
已讀 23:40

咦！到草薙老師家看嗎 23:45

如果是妳隨時都OK
已讀 23:46

可以讓我考慮一下嗎？ 23:50

那當然
23:51

啊，對了，有件事想拜託妳。
已讀 23:52

什麼事呢？
如果是我能辦到的事情… 23:55

寄張露胸罩的照片給我吧
已讀 23:56

aya

8/6(六)

小綾，今天辛苦妳了！
已讀 23:13

啊？怎麼突然講這個？ 23:20

沒有啦，因為聊得很開心嘛。
還能再見面嗎？
已讀 23:21

上次能夠跟您見面，我才感到光榮。如果還有機會跟大家玩的話，請務必讓我參加。 23:30

妳在LINE上還真溫柔呢
好像千金大小姐。
已讀 23:31

咦咦 沒有這回事啦！
之前我太得意忘形了，真的是非常抱歉。 23:35

23:36

已讀 23:38

對了，這是從我家看到的夜景。
很漂亮吧，不介意的話要不要過來看呢？
已讀 23:40

全部看完以後，我冷靜地說了一句話：

「這下子整個人生都完蛋了吧。」

「你果然也這麼想？」

草薙學長露出抽搐的笑容。

「隔天早上起來我才發現後，整個人臉色發青，覺得自己死定了。」

另一方面席德則激動地說：

「照片呢！有傳照片過來嗎！」

「如果她真的傳過來，我可笑不出來啊！」

真的幸好小綾是個有常識的小學生。

「在這之後，有好好地解開誤會吧？」

「還、還沒。」

「咦？」

我發出嘶啞的聲音，然後草薙學長讓我看小綾傳來的訊息。

【那麼，後天我會到府上拜訪。】

「………………………………………………………………」

「………………………………………………………………」

啊啊……看來這果然是——

聽到最後會被詛咒的鬼故事。

叮咚——門鈴在此時響起。

我跟席德就這樣被捲進草薙學長的恐怖體驗裡頭。

然後身為元兇的草薙學長。

現在，在我們面前——

「所以是搞錯人才會誤傳ＬＩＮＥ訊息，這樣沒錯吧♪」

穿著便服的國中與國小女生並排站著，而神野惠正在從跪在木頭地板上的草薙學長口中了解情況。

她也是紗霧的同班同學，這次似乎是小綾找她商量後一起跟來的。

再怎麼說，也不可能讓一個小學生自己跑到二十幾歲男性的家裡來。

「反、反正我早就猜到會是這種情形了！嗚嗚嗚～～～～」

怒氣沖沖的女孩就是前面講到的夏目綾。她是個很適合戴眼鏡，額頭很寬的女孩子。

從來到這個家裡後，她就一直擺出隨時要拉響防身警報器的姿勢，超可怕的。

「真的萬分抱歉！」

草薙學長只能不斷俯首謝罪。

小綾則喊著「討厭！討厭啦！」不停地敲他的頭。

這可是只要走錯一步，別說是四處延燒了，還可能被報警的事態。她們願意就這樣解決了事，可以說是非常天真又溫柔。

「真的非常對不起！」

這位對國小女生下跪的學長真是遜到讓人覺得他很可憐。

而惠往我這邊瞄了一眼。

「話說哥哥，你怎麼會在這裡呀？」

「我是被草薙學長叫來的啦，他說久違地出來玩一下吧——這樣。」

「知道會變成這種情況還把我們叫來，真是太過分了！」

看來連獅童都很生氣，畢竟只要一沒弄好，我們就會被捲入這場風暴。

雖然我能理解他想到萬一小綾自己一個人過來時，會想要有第三者在場，多少溫和地解開誤會的心情。但根本是給人添麻煩。

「再說小惠妳才是，竟然跟小綾兩個人跑來男生家裡，這樣子很不小心耶。」

「喔，這點沒問題。我在新宿也有很多朋友喔～」

惠拿出手機抵在耳邊。

「喂喂，各位在嗎～我是惠惠～嗯嗯，ＯＫ、ＯＫ，沒問題了——今天真的很感謝大家，已經可以解散了喔。不用在門口監視也沒關係，嗯嗯……那下次再出來玩吧♪」

嗶！她掛斷電話後笑著說：

「就是這樣♪」

「……我懂了。」

原來她的夥伴們都聚集在房間外頭，恐怕只要用手機按一下……真是恐怖的女孩。

現代系的輕小說裡好像會有這種幕後黑手登場。

「哼……算了，我原諒你。只不過……」

當我們這麼交談時，小綾的對學長說教也告一段落。

「我有條件！」

事情發展好像變得很有趣。

小綾猛力豎起食指。

草薙學長則保持下跪的狀態抬起頭，戰戰兢兢地問：

「條、條件？」

「………………」

小綾從很早熟的名牌包包裡，拿出某本輕小說迅速擺到草薙學長的眼前。

《直到你哭出來為止都會一直踐踏你！》

作者／御影瑛路　插畫／nyanya

電擊文庫

「妳、妳這是！想破壞我的尊嚴嗎……？」

草薙學長看著小綾的襪子不斷地顫抖著。

「……她到底打算踐踏哪邊呢？我覺得好興奮……！」

席德好像很想去代替學長。

而小綾看到草薙學長開始防禦胯下時，瞬間滿臉通紅地大喊：

「才、才不是！你在想些什麼啦，真受不了耶！那個……就是……」

小綾再次從很早熟的名牌包包裡頭拿出輕小說，並迅速疊在草薙學長面前。

《蘿球社！》
作者／蒼山サグ　插畫／てぃんくる
電擊文庫

「這位志願成為輕小說作家的同學，不要賣弄小聰明玩這種隱喻好嗎！」

「唔，我是把女孩子內心的細微之處用輕小說來表現……」

「這誰看得懂啊！」

拜託妳至少用些簡單好懂的例子吧，草薙學長怯懦地懇求著。

「哼，看來區區一名戀愛喜劇作家無法理解這個比喻。那麼……」

小綾第三次從很早熟的名牌包包裡拿出輕小說，接著迅速疊在草薙學長面前。

《ROOM NO.1301　藝術氣息的芳鄰!?》
作者／新井輝　插畫／さっち
富士見Mystery文庫

「不要突然拿出訊息性這麼強烈的東西啦！」

「是你說要用簡單好懂的例子吧！」

「這只會讓人本能性地感到恐怖，並沒有很簡單好懂！有什麼想說的直接說出來啦！用嘴巴說！」

「草、草薙老師，請你負起責任！」

「…………………」

草薙老師僵住了，臉色鐵青還不斷微微顫抖。

看到學長的這副模樣，席德開口說了一句：

「原來如此……《ROOM NO.1301》是嗎……」

「你知道什麼嗎，席德？」「請告訴我！」

我跟惠就像富樫和虎丸一樣詢問，他就像要詳述富士見書房的歷史般說道：

「這是新井輝老師在富士見Mystery文庫推出的輕小說，如果要避免劇透的話就幾乎無法進行說明……不過這是一部隨著集數增加，登場人物介紹頁的女主角們名字旁會一個個被打上粉紅色**H符號**的超猛作品。」

「好，我懂了。謝謝你。」

「哇喔！小綾好大膽！」

「不、不是那樣的！我、我的意思只是要他負起害我拍下奇怪照片的責任而已！」

這孩子剛才是不是講了什麼很勁爆的話？

「…………」

這股衝擊強烈到連惠都陷入沉默。

雖然席德也嗆到不停咳嗽，但沒有人去吐嘈他。

「就說不是了嘛！」

小綾變得更加驚慌失措。

而草薙學長把目光從她身上移開，像要逃避現實般說：

「『請負起責任』——這是我人生中第二次被這麼說了……但老實說，這次的比較可怕。」

「你上次是怎麼度過危機的？」

「那當然是靠新井輝老師啊。」

新井輝老師被拿來當成某種不正經的隱喻了。

對於正在胡言亂語的草薙學長，小綾更進一步追擊。

「請你好好聽我說！你會負起責任吧！還是根本不想負責！」

「妳、妳……想要我怎麼樣……」

草薙學長現在也用透露著好痛苦的表情低聲說著。

而小綾把最後一本輕小說遞給他。

「請收我為你的徒弟。」

這次說的話，肯定能讓對方理解。

草薙學長可說是大大鬆了口氣。

「我不知道這對妳想寫的創作有沒有幫助喔。」

「這點我明白。」

「我只是區區一名戀愛喜劇作家喔。」

「所以才適合。」小綾低下頭，害羞地悄聲低語：「剛才那只是措辭的問題……我下次想要撰寫的，就是戀愛喜劇。」

「……好啦。雖然不是師徒這種了不起的關係……但如果是要讀妳的作品給點意見之類的，

《龍王的工作！》
作者／白鳥士郎　插畫／しらび
GA文庫

我會幫忙。偶爾啦。」

「這樣就夠了！非常感謝你！」

小綾在胸前握緊拳頭，綻放笑容。

而她的師父則在她面前，整個人癱倒成大字型。

這起「拜師事件」之後——

席德繼續留在草薙學長家，我則跟惠她們一起往新宿車站走去。

直到看到南口時，我才突然想到。

「啊，糟糕。因為發生太多事情，結果忘了找草薙學長他們商量。」

不過仔細想想，那種氣氛也沒辦法商量戀愛方面的事，就算記得問，結果也是一樣吧。而惠從我的右邊抬頭看著我說：

「你有事找他們商量嗎？」

「是啊。」

明明只是小聲的自言自語，但似乎被聽見了。

我大概能猜到接下來的發展，但還是老實回答：

「商量戀愛方面的事。」

「哥哥要商量戀愛方面的事！這是什麼充滿魅力的字句！」

惠的眼神立刻閃爍著充滿活力的光彩——不只是如此，就連看起來很正經的小綾也興奮地看著我。

國中女生也太喜歡戀愛話題了吧。

「既然如此，就讓身為戀愛大師的我來聽哥哥說吧！」

惠的措辭跟妖精還真像。

戀愛喜劇大師跟戀愛大師，到底是哪邊比較高竿呢？

……………應該是惠吧。

畢竟又不是要進行創作，而是現實中的事情。

「要跟惠商量戀愛的事嗎？」

「是的！唔呵呵～我好想聽喔～～哥哥的戀愛話題♡」

「妳是覺得好玩才這麼說的吧。」

「就是覺得好玩才這麼說的啦！不過相對地，我會好好給予建議來當成回報喔。」

「唔嗯～」

該怎麼辦呢？我戀愛方面的問題……找惠商量好嗎？

她很清楚我們家的情況，又自稱戀愛大師……雖然口風不太緊但可以信賴。

仔細想想，說不定滿適合的。

雖然只是「自稱」戀愛大師，感覺其實根本沒跟任何人交往過的這點讓人有些在意。

「那個……老師！惠惠她總是會聽大家說戀愛方面的問題……！非常值得信賴……！所、所以說那個……」

當我正在猶豫時，小綾推了我一把。我也微微笑著回答她：

「這樣啊……那就拜託妳了喔。」

「嘻嘻，交給我吧！那麼那麼，我們到能安靜討論的地方吧！」

惠用力抓住我的手腕，拉著我走。

在惠的帶領下，我們走進南口旁邊的卡拉ＯＫ包廂裡。

「來，哥哥，你先請！」

「呃……喔。」

她先讓我就坐後再跟小綾交換眼神，分別坐在我的兩旁。雖說是國中生與小學生，但也算是左右逢源——也許是個會讓人羨慕的狀況吧。

『絕對不會讓你逃跑喔！』

但也能感受到這種邪惡意圖。

在惠的主導下點好飲料後，她立刻切入主題。

「所以呢？所以呢？哥哥是要討論哪方面的戀愛問題？」

「沒有啦，就是……」

她們兩人雙眼炯炯有神地看著我，於是我直接從結論講起：

「我交到女朋友了。」

「哇啊！」

小綾高興得像是自己交到戀人一樣。

另一方面，惠則把手搭在我的膝蓋上，將臉湊過來。

「咦？咦？不是有喜歡的人，而是已經開始交往了嗎！」

「是啊，已經開始交往了。」

「呀啊啊！這真～是令人意外的發展～！我開始興奮起來了！」

「不要邊摸我邊講那種台詞啦！」

「啊，劈腿！這樣會變成劈腿吧！」

雖然嘴巴上這麼講，但惠卻沒有想要放開的樣子。

反倒更緊密地貼上來，既興奮又超開心。

我再重複一次——女孩子們也太喜歡戀愛話題了吧！

「惠、惠惠，不可以啦！這樣子對老師的女朋友很不好意思！」

「沒問題啦，小綾！」

惠用雙手纏住我的脖子說：

「在我的規則下，到親親為止都不算劈腿，所以過關！」

哪裡過關了啦！

「我、我覺得只要待在同一個房間裡超過十秒就出局了！」

這邊反而太嚴苛了！

照這個規則的話，妳不是也早就出局了嗎！

真是的……最近年輕人的貞操觀念到底是怎麼回事？

完全是往極端的兩個方向偏離嘛。

「所以、所以，哥哥的女朋友是誰！小智——應該不是吧。是小妖精嗎？還是小村征？還是說——難道是愛爾咪！」

「我會講啦，總之妳先放開我！」

我幾乎用慘叫說出懇求。

「好～」

惠老實地放開我之後就把鞋子脫了，立刻跪坐在沙發上。

她擺出洗耳恭聽的姿勢，手掌向上地伸出來。

「那麼那麼，請說吧！」

「咕嚕。」

小綾也嚥下口水並凝視著我。

在突然陷入一片寂靜的空間裡，我看看惠，又看看小綾……輕咳一聲後開口：

「我的女朋友是——」

……以這些成員來說，也只能用這個講法了吧。

「情色漫畫老師。」

「「呀啊——！」」

女性的尖叫聲給予我的耳膜一記重擊。

我忍不住摀住耳朵，這兩個國中小女生就一擁而上地逼近過來。

「情……漫畫……老師是……」

小綾害羞到臉頰染上紅暈，像是提到傷風敗俗的單字一樣講出我的夥伴名字。

「是在Bellesalle的《世界妹》活動中登台，那位很漂亮的——」

啊，對喔。

對小綾來說，情色漫畫老師是指京香姑姑。

「那位**痴女**對不對！」

「…………………………」

我露出曖昧的笑容，打從心裡這麼想——

京香姑姑不在這裡真是太好了！

在那場活動中，京香姑姑（2X歲）以情色漫畫老師的替身身分上台，然後依照正牌情色漫畫老師的指示，穿上色色的水手服玩角色扮演，還被迫大喊情色漫畫閃光之類的台詞，可說是非常辛苦。也託她的福，動畫化發表會以空前的盛況收場。

不過，在社會上的認知果然還是**痴女**吧。

雖然不知道這該怎麼對她說，也不知道該露出什麼表情。

但京香姑姑對我們兄妹而言是最愛的家人，只有這點是千真萬確的。

「哥哥……情色漫畫老師是指……那個……」

跟小綾不同，惠是「知道一切情況」的人。

所以我明確地點點頭。

「沒錯。」

「這樣啊～…………」

惠像在仔細琢磨自己的想法般，逐漸露出笑容。

「恭喜你。」

「謝謝。」

這道誠摯的祝福，讓我的胸口感到一股熾熱。

惠用手指搔著臉頰說：

「其實，今天早上的時候啊……紗……情色漫畫老師也跟我說『有事情想要商量』。她用簡訊講的。」

「咦……？」

可是，惠還不知道我跟紗霧交往的事情吧？

「我還不知道內容。因為你看，今天還有小綾的事情。」

「喔……」

「我答應她說『回去就打電話給她』……不過，聽到哥哥這樣講，我已經知道了。她想跟我商量的內容想必就是這個吧。」

「的確……如此。」

這樣啊，跟我交往以後……紗霧也有煩惱嗎？

「這樣剛好。」惠的語氣變得像是在安慰我。

而不明白內情的小綾對她說：

「竟然能被年長的女性仰賴，惠惠好厲害喲！」

並投以尊敬的眼神。

「嘿嘿～還好啦～」

惠苦笑地點點頭，然後再次看著我。

「咳咳！那就來聽聽看吧！才剛交到可愛女朋友的哥哥，你有什麼樣的煩惱呢？」

「——這是我第一次跟女孩子交往。」

「『明明都是高中生了？』」

「對啦！不好意思喔！」

竟然異口同聲！竟敢用疑惑的表情回問我！

直到高中才第一次交到女朋友有什麼好奇怪的！說啊！

「和泉老師好恐怖喔（＞＜）」

「哎呀哎呀，哥哥真是的，你在生什麼氣啊？」

「我沒生氣啦！事情就是這樣，我因為第一次交女朋友所以不知道該怎麼辦，正陷入混亂當中！雖然有去約會過了，但其他該注意些什麼還有要做哪些事情比較好，能不能請妳們以女孩子的角度給點建議呢！」

我一口氣講到最後。而惠開始「唔姆姆」地思索。

「約會的內容等等再仔細聽她講——……我想，要送禮物吧。」

「如果是紀念交往的禮物，我們初次約會時已經送給彼此了喔。」

「當然是指跟那個不同的禮物。你們才剛開始交往吧？那我覺得最好每次見面都送禮物會比較好，就算是些簡單的小禮物也行喔。」

「真的假的？」

是這樣子嗎？

「一般情侶會這麼做嗎？」

「與其說是一般，應該說是我作為了解你們兩位的朋友，經過深思熟慮所提出的意見。」

從我們開始商量戀愛方面的問題後，惠就散發出有如軍師般的風采。

「和泉老師，世上可沒有什麼『普通的戀愛』喔。」

就連小綾也感覺很懂地對我說教。

不愧是拍下露胸罩照片的小女生，說服力就是不同一般。

不過嘛。

「有道理。」

說得也是。

畢竟我想要的不是普通的建議，而是專門給我們的建議。

「禮物啊……選什麼會比較好呢？」

「當然是能讓她開心的東西啦。與其問我，我想哥哥你應該更清楚吧？」

「那當然。」

不然我可算不上什麼男朋友，也沒辦法自稱是哥哥了。

「能讓我女朋友開心的禮物……」

至今為止已經送過了很多種禮物，所以還是選不會跟那些重複的東西比較好吧。

嗯～要送什麼呢……我思索了一會兒。

「來！哥哥，站起來站起來！」

「喂喂，妳要幹嘛？」

惠拉住我的手，讓我站起來。

「來練習送禮物！我來扮演女朋友，請把我當成超可愛的那個女孩來試試看！」

「！是這麼一回事啊……好，來試試看吧！」

畢竟像我這個樣子，如果不練習，等到正式上場時一定會全身僵硬。

而惠對鼓起幹勁的我提出這種要求：

「為了提昇演技，請告訴我一些必須知道的事……哥哥的女朋友都是怎麼稱呼你的？」

「宗宗♡」

「太甜啦啊啊啊啊啊啊啊啊啊啊啊啊啊！」

惠突然發出怪聲。

「這、這是真的嗎？」

「沒有，騙妳的。其實是直接叫名字。」

「請不要嚇人好不好！這樣會害我去想像她喊『宗宗♡』的樣子耶！」

我之前直接看到那個情景時，還以為自己會死掉。

「她是叫我『正宗』喔。其實她好像從以前開始，在心裡就這麼稱呼我了。」

「這個甜到爆炸的小故事我就收下了！」

「好好喔！好好喔！」

小綾用手摀住紅通通的雙頰。

惠則重新抬頭看著我。

「嗯嗯！直接喊名字真是不錯呢！那我也這麼喊吧！那麼現在要正式開始——『送禮物的練習』嘍。」

「儘管來吧。」

我拍拍胸膛等著。

惠先跟我拉開距離，然後開始「扮演紗霧」。

「…………………」

她先閉起眼睛，再睜開之後，平常那種開朗的氣息瞬間沉穩下來。

接著往半空中伸出手，做出轉動門把的動作。

彷彿那邊真的有「不敞開的房間」的房門一樣。

緩緩打開房門後，「紗霧」從房間裡頭現身。

她用虛無的聲音……

「正宗……怎麼了？找我……有什麼事嗎？」

喔喔！好、好像……！

雖然本人比較可愛，但惠光是模仿紗霧就讓我心跳加速了！

我嚥下口水後說：

「我、我有……禮物要送妳。」

「咦……要送我？」

「嗯，也不是要特別紀念什麼啦——但就是想送妳。」

「是、是這樣啊……」

假紗霧＝惠忸忸怩怩地害羞起來。

重現度還真高！

這時，惠突然變回平常的語氣。

「哥哥放輕鬆，要放輕鬆點。你的台詞有點沉重耶。」

「咦！是、是這樣子嗎？」

「照剛才的感覺，是要送十萬日圓左右的物品時會說的話喲。」

這感覺真討厭，難道每個金額都有適合的台詞嗎？

「小綾也這麼覺得吧？」

「咦？這個……剛才……給我的感覺……」

被問到的小綾害羞地說：

「聽起來像是要出其不意地在臉頰上親一下前的台詞，像是『禮物……就是我。』這樣。」

「我才不會講那種話！」

就算對方是女朋友也會被甩巴掌啊。

「咦～這不是會親親的走向啦，絕對是便宜手錶之類的～」

「我覺得是親親啊。」

這些人的意見完全不一致嘛。

真的能拿來當參考嗎？我開始有些不安了。

惠重新面向我，說聲「聽好喔。」並揮揮手指。

「總～而～言～之，剛才的台詞太沉重了，重來一次。知道了嗎～？」

「好。」

「那麼，再來一次。好，開始──正宗……怎麼了？找我……有什麼事嗎？」

「嗯，我有買禮物要送妳喔。」

「──ＯＫ，就是這樣──真的嗎？你要送我什麼？」

「開心吧！這就是妳很想要的色色書刊！」

「太棒了！正宗，謝謝你──不對，這是為什麼啊！」

她流暢地自我吐嘈。

「不是啦，畢竟對方是情色漫畫老師喔。」

「這點我也知道，但是以男朋友送的禮物來說，這可是最糟糕的選擇！送色色的書刊以後，是要怎麼連接到戀人之間的甜蜜對話啊！」

「像是這個姿勢很性感呢，或是下次的插畫麻煩畫成這種感覺之類的。」

「好像可以聊得很開心呢！不過不行。」

惠用雙手比出叉叉。

「不行嗎？」

「不行♡」

她笑嘻嘻地堅決否定。

而看著我們交談的小綾說：

「果然是**痴女**……」

對京香姑姑的誤解又更深了。

「就算妳這麼說，但沒有那麼容易想到不錯的禮物啊。」

「……嗯～我想改變一下思考方向或許會比較好～」

「怎麼說？」

「畢竟你們的關係已經很親密了，而且也很了解對方。要說的話，就是經濟層面也很寬裕的情侶……」

惠把手放在下巴思考。

「……說不定反過來送些貴重的禮物比較好。」

「嗯嗯。」

我點點頭，催促她繼續說下去。

「雖然這是我的想像，但哥哥的煩惱應該是這樣吧？——由於是從原本就很親密的『家人』

變成戀人，雙方的關係無法順利轉換，於是不知道該怎麼辦才好。」

「就是這樣！完全沒錯！」

「這樣的話，我覺得要積極做些『像是戀人』的事，讓彼此更加適應男女朋友的關係——這樣會比較好。所以我原本覺得可以不斷送些簡單的小禮物，但依哥哥你們的情況，如果用這個方法好像又會馬上變回原本的感覺。」

您說得對極了。惠真的有為我們著想呢。

「既然如此！這時候為了能確實轉換成全新的關係！」

惠用力握緊拳頭。

「直接送份大禮吧，要猛一點的！」

「猛一點的。」

「對，就是猛一點的。要飾品這類能夠保存，然後高價的物品。」

「那個，和泉老師！如果是我的話，會想要成對的鑰匙圈！」

小綾很有活力地舉起手，提出溫馨的意見。

因為惠完全往現實路線猛衝，所以這個發言真的很療癒。

「小綾，區區一個鑰匙圈，妳要多少我都會買給妳喔！」

惠緊緊抱住小綾，然後維持這個姿勢看向這邊說：

「所以哥哥，怎麼樣？要送給最愛的女朋友的貴重禮物——有什麼點子嗎？」

「……有兩個。」

「喔喔！竟然有兩個！」

話雖如此，其中一個已經決定要等「夢想實現時」再送……

這次最適合送給紗霧的禮物——

只有這個了。

「…………………」

我在惠耳邊講起悄悄話。

於是身為戀愛大師的她滿意地點點頭。

「太完美了，哥哥。就這麼辦吧。」

給我打了包票。

「咦～好詐喔！也告訴我啦～！」

「嘿嘿～等等再告訴妳～」

惠安撫著噘起嘴巴的小綾。

雖然我還在想找國中小學生商量戀愛問題……不知道會變成什麼樣子。

「很值得參考，謝謝妳們兩位喔。」

「不用客氣☆」

這個好像會飛出星星的眨眼，想必蘊含著溫暖的關懷。

從新宿車站搭上電車。我跟惠她們在車廂內道別，在飯田橋站下車。

因為接下來預定要去編輯部，開會討論《世界上最可愛的妹妹》的原作第六集。

在會議區裡頭。

「嗯，雖然這份感覺也很不錯——」

讀完我的原稿之後，責任編輯神樂坂小姐說：

「但機會難得，在《世界妹》動畫播放期間，原作裡要不要也發生個驚天動地的劇情發展呢？」

「啥？」

雖然我每次都這麼想，但這種事情可不可以在我寫完初稿之前先講啊？

不然又要重頭寫起。

「要讓跨媒體製作成功有五大重點。」

神樂坂小姐對回答得很模糊的我伸出五根指頭，然後依序扳下。

「第一，在受到大眾矚目的時間點大量推出原作；第二，除了動畫以外的跨媒體製作要大量重疊推出；第三，要讓原作者在保持良好距離感的情況下，參加動畫製作；第四，要利用各種活動集中發動宣傳攻勢；第五——」

神樂坂小姐扳下最後一根手指。

「配合動畫播放結束，在原作劇情裡投入爆點！投入之後！還要在最精彩的地方寫下『待續』！」

「這是雖然能把氣氛炒得很熱，但會讓原作讀者超火大的手段！」

「這樣可以讓動畫的促銷效果維持到下一集為止喔，這有什麼不好～」

由於這個人會這樣是常有的事，於是我迅速闡述自己的意見。

「雖然我不會說這樣不好，但再怎麼說連續刊行的結尾我還是希望收得乾淨俐落——不過，配合動畫播出的時間來點重大劇情說不定可行。」

「你有什麼點子嗎？」

「讓主角跟女主角交往之類的。」

「走固定套路，不錯呢！不過和泉老師你是第一次挑戰戀愛喜劇系列作品，應該還沒有寫過這種劇情吧？」

有自信能寫出有趣的發展嗎？她這麼問我。

我有些得意地說：

「我交到女朋友了喔！」

「……什麼？」

「所以今後的劇情發展，可以有很猛的『現場取材』來——」

「啥啊啊啊啊啊啊！」

神樂坂小姐發出從來沒聽過的聲音大喊，把我講的話整個蓋掉。

我整個人嚇到往後仰。

「幹、幹嘛啊？」

這個人為什麼發火？她其實喜歡我嗎？希望不是這樣啦……

「等等……和泉老師，你說交到女朋友——對象是誰！該不會是我負責的作家……具體來說應該不會是村征老師吧！」

「不、不是啊。」

「呼……」

神樂坂小姐有如死裡逃生般抹去額上的汗水。

……這是怎樣啦。

「既然不是村征老師的話……那是山田老師嗎？」

「是情色漫畫老師。」

我老實回答。

結果神樂坂小姐立刻露出笑容說：

「請你們分手吧。」

「咦咦咦！」

這個人在講什麼蠢話啊！

神樂坂小姐滿臉厭惡至極地開始解釋：

「單戀對創作來說雖然是加分，但戀愛開花結果就變成扣分了。像村征老師和情色漫畫老師這種靠感性在創作的人更是如此——以我的經驗來說，有不少作家就因為有了戀人，造成作品的品質下降、創作的熱情分散，或完全不想工作喔。動畫化企畫還在進行卻有了戀人，你們不要做這種像是主動抱住炸彈的行為好嗎？」

所以才要我們分手？

「我完全不能接受這種說法。」

「電擊文庫的編輯好像會假裝聽負責的作家傾訴戀愛的問題，同時偷偷在背後妨礙，讓戀情絕對無法成功喔。來源是同行聚餐喝酒時的八卦。」

真的假的，電擊文庫有夠差勁！

「難道神樂坂小姐也做過那種事？」

「怎麼可能，我可沒做過喔。」

神樂坂小姐明顯像在說謊似的否認。

「實際上，我負責的作家中就曾誕生過一對情侶。這不正是我身為人情派編輯的最佳證據嗎？」

「……………」

應該只是沒有破綻能讓妳妨礙而已吧。

根據就是我剛才說「交到女朋友」時的反應。

「不過，話雖如此……」

神樂坂小姐用閒聊般的隨興語氣說：

「反過來說，失戀會為創作帶來莫大的熱情。所以在重要工作開始前煽動負責的作家去向不可能成功的對象突擊告白，雖然是個賭注但其實是個很可行的方法。」

「怎麼可能可行啊！」

我絕對不想靠這種方法來提昇創作熱情。

「就是這樣，所以和泉老師——請你跟情色漫畫老師分手。」

神樂坂小姐又重複一次這個要求。

她的眼底沒有笑意，應該不是在開玩笑。

「我拒絕。」

我當然這麼回答。可是神樂坂小姐好像沒在聽我說話。

「在這種時間點讓你傷心難過，老實說我也很心痛——但距離動畫開始播放還有八個月！現在還來得及進行復健！輕小說作家跟插畫家，你們就一起把失戀當成精神糧食，創作出最棒的動畫吧！」

雖然她表現得很像在說什麼帥氣台詞，可是內容卻垃圾到了極點。

我直截了當地說：

「不管妳怎麼說，我都不打算分手。」

「我想也是呢～」

神樂坂小姐像是早就知道我會這麼說，冷靜地嘆口氣，然後摸摸下巴說：

「嗯嗯嗯……那麼好吧，請至少把我剛才說的這些顧慮，放在腦海中的角落。今後兩位如果什麼事都沒發生是最好，但如果真的產生什麼不好的影響時，再來找我商量吧。」

真不想回答我知道了。

討論結束後的夜晚。

我在五反野車站下車，信步走向高砂書店。

——可惡，這是怎樣……真令人火大。

我好不容易跟紗霧開始交往，卻被人說「你們分手吧」這種話……感覺像是高亢的心情被人潑了一桶冷水。

雖然神樂坂小姐講的話我也有點……真的只有一點點算是能理解……但是這世界上有哪個傢伙會因為這樣就說：「好，我明白了。」然後跟女朋友分手。

我還是完全無法接受。

——有不少作家就因為有了戀人，造成作品的品質下降、創作的熱情分散，或完全不想工作喔——

神樂坂小姐是這樣說的。

還說戀情開花結果，對作家而言是扣分。

「不會只有扣分而已吧。」

我把手插進褲子口袋，唾棄般地低聲說著。

戀情開花結果，有了戀人——一定也有許多加分的地方。

一定要證明給她看，我這麼想著。

書店的門在眼前打開，我踏入店內後。

「歡迎光臨。」

招牌女店員的開朗聲音迎接我的到來。

高砂智惠。身穿圍裙的她，是我最親近的好友。店裡沒有其他客人。

這也是當然的，時間差不多是晚上九點了——

「這位客人，今天已經打烊嘍。」

店裡播放著熟悉的關店音樂。

〈友誼萬歲〉——經常被誤認為〈螢之光〉的那首曲子。

這種略顯寂寥的旋律，我覺得跟智惠很不相襯。

「抱歉，妨礙到你們了嗎？」

「嗯？不會啊？畢竟沒有客人，今天的營業額也都結算完了——所以，怎麼了嗎？」

智惠從櫃台裡走出來看著我。

「好久沒看到你的表情那麼陰沉了呢。」

就像當初每天被村征老師打得落花流水的時候一樣，她這麼說並挖開我的心理創傷。

「沒有啦，今天在工作的地方遇到一些討厭的事。」

「喔，遇到討厭的事情嗎！嗯嗯，也就是說你因為這樣想要見可愛的智惠一面，才跑到我的店裡來嗎？」

聽到我這稱不上明朗的語氣，智惠用無比開朗的聲音回答。

不管願不願意，只要來找她心情就是會變好——她就是有這種過人之處。

「這個嘛……算是這樣吧？」

我也沒有想那麼多，只是覺得如果可以跟智惠聊一下就好了。

說不定，在我的潛意識中——很期待跟她見面會為自己帶來好的影響。

「話說，這裡不是妳的店吧？」

是妳老爸的店才對。

智惠沒有回應我的吐嘈，而是莫名一臉害羞地笑著。

「哇，真的是這樣啊……是、是喔……所、所以是那樣嗎？今天的我是能治癒因為戰鬥而疲憊不堪的輕小說主角，有如青梅竹馬女主角的存在嗎？」

還來啊，這種強推青梅竹馬的設定。

「要說的話，應該是聽工作到疲憊不堪的社畜抱怨，偏僻酒吧的媽媽桑。」

「不要把我的形象往那種方向固定好嗎！」

智惠發出嘎嘎叫聲吵鬧，不過馬上停了下來。

「所以，發生了什麼事？」

她雙手交叉在胸前問我。臉頰整個鼓起來，顯得怒氣沖沖——看起來像這樣，但這只是擺個姿勢，並不是真的在生氣。

先不管她是不是青梅竹馬，我們之間是能馬上明白這點小事的交情。

好啦，要從哪邊開始說起呢……稍微思考後，我這麼開口：

「我交到女朋友了。」

「！」

智惠瞪大雙眼並且倒抽一口氣。

靜止大約兩秒後，她表情完全不變地說：

「你和山田妖精老師在交往嗎？」

大家都先這樣問耶。

從旁人眼中看來，我跟妖精看起來這麼像在交往嗎？

應該都是因為那傢伙老是在推特上宣揚一些有的沒的吧。

「不，是跟情色漫畫老師。」

「喔……來這招啊。」

智惠用右手壓住左胸，然後不停眨眼睛。

呼吸變得有些急促，看起來像無法保持冷靜。

「情色漫畫老師……就是發表動畫化時登上舞台的那位大姊姊對吧？」

「…………………」

我注視著她的眼睛。

這時候要講「沒錯」是很簡單……

但這樣並不誠實。另一方面，由於這是必須取得紗霧許可的情況，所以也讓我感到迷惘。於是我思索一陣子以後——

「我認為智惠是值得信賴的朋友，也覺得妳口風很緊，會仔細思考後才行動，是個明辨是非的人。」

實際上，我是輕小說作家和泉征宗的這個祕密，她也一直幫我保密到現在。

「怎、怎麼突然講這些？」

我認真地拜託困惑的智惠。

「接下來我說的事情，請妳保密。」

「……知、知道了——我保證！」

智惠用力點頭。

我也向她點點頭，公開重大的祕密。

「智惠妳看到的那位情色漫畫老師，其實是替身。」

「！……也就是說……」

「真正的情色漫畫老師——是我那沒有血緣關係的妹妹。」

「——」

智惠的右手猛力地壓住自己的胸口。

「她的名字叫紗霧。」

「可是你不是說——從來沒見過情色漫畫老師……」

沒錯。

我有很長一段時間都不知道，長久以來跟自己一起工作的情色漫畫老師的真身。

但卻有個契機改變了這件事。

「我講那件事的時候，是去年春天對吧。和泉征宗的簽名會結束後，情色漫畫老師在部落格上寫說我簽名的字很醜——然後我很生氣。」

那是一切的開端。

「在那之後，我馬上去看妳告訴我的情色漫畫老師實況轉播。結果，正在實況的情色漫畫老師背後拍到我做的晚餐……」

「——所以你的妹妹就是情色漫畫老師……是這樣子嗎？」

我靜靜點頭。於是智惠深呼幾口氣後，用一半苦笑一半訝然的語氣低語：

「……還真的有呢……這麼巧的事。」

「是啊，真的非常巧。負責自己作品的插畫家，竟然是住在同一個屋簷下的妹妹……」

即使是輕小說，要安排這種情境也很辛苦吧。

「不過……也不是所有事情都是湊巧。和泉紗霧雖然是湊巧成了和泉正宗的妹妹，但情色漫畫老師會負責和泉征宗的作品插畫是有箇中理由。」

情色漫畫老師有擔任職業插畫家的師父在。

跟出版社之間也有聯繫。

然後最重要的是，情色漫畫老師跟我在出道前就相遇了。

我們透過網路小說，交流了一年以上。

我請她閱讀寫得很爛的小說，她也給我看畫得很爛的插畫。

有時互相討論感想，有時拌嘴吵架；互相說出家裡的情況，也互相鼓勵。

約定好兩人的夢想。

就是這樣的關係。

是最重要的朋友。

「邀請情色漫畫老師的人是我。我對她說：『如果成為職業繪師，要再來幫我的小說繪製插畫喔。』然後我們就約好，在雙方獨當一面之前都不再聯絡。」

「而這個人……其實是住在一起的——」

「——是住在一起的妹妹。」

我接著說出智惠的話，微微笑著。

「不知不覺間夢想已經實現……雙方也都能獨當一面……」

「然後定下約定的人，是個可愛的女孩子。」

「是啊。」

「你告白了嗎？」

她在很適切的時機插話。

也許是因為她在店裡工作的關係，跟智惠非常好聊。

我搖搖頭。

「我求婚了。」

「咳咳咳咳！」

智惠突然激烈地咳嗽。

「你、你說什麼？」

「我說我求婚了。畢竟我從初次見面開始就喜歡上她了……知道她是一起工作的人以後，變得更加喜歡……接著像是提醒我一般，得知她是過去跟我立下約定的『那個人』……讓我非常開心，整個人無比雀躍……雖然還有其他各種理由就是了……」

嗚哇啊啊！一講起戀情的開端，就讓人感到超害羞的！

由於也沒辦法講到一半就停下來，所以我就把這段故事說完。

「於是我就說，請跟我結婚。」

「你是輕小說主角嗎！」

這句用來對我吐嘈的萬用句連智惠也開始用了！

「這根本是命中註定的對象嘛！怎麼可能啊！這個世界該不會其實是輕小說吧！」

智惠「嗚嘎！」地大叫著。

「回答呢！」

「咦咦！」

「求婚的回答！」

「喔、喔……她說不行。」

「好耶！」

竟然擺出勝利姿勢！

聽到我求婚被拒絕，這傢伙竟然擺出勝利姿勢！

「因為年齡上還不能結婚，所以被她拒絕了……」

「嗯？嗯嗯嗯？年齡上？」

「之後她重新告白，希望我能跟她交往。」

「啊啊啊！」

這是怎樣！

很可怕耶！

我在被發狂的智惠搖晃的同時，把話題拉回一開始的「煩惱」上。

「然後我跟紗霧就開始交往了，可是責任編輯卻跟我說戀情開花結果會讓作品的品質下降要我們分手。」

「關我屁事啦！」

「咦、咦咦～～～」

「這種事情關我屁事啦～～～～～」

智惠講話突然變得很粗魯。

妳不是要聽我的煩惱嗎！

「雙重意義上的關我屁事啦～～唔～～哇～～～真的～～假的～～？」

智惠抱著頭扭動身體。

「這是什麼突然慢了一整圈的感覺～！感覺就像在平衡度爛到掉渣的ＴＣＧ裡頭，被人用毫無道理可言的垃圾套路打死一樣啊！」

這種情況到底該怎麼辦才好啦！她這麼發著牢騷。

「而且我注意到最嚴重的問題。萬一這段劇情被動畫化的話，那我在播放〈友誼萬歲〉的店裡抱頭掙扎的模樣，不就會被實況廚們當成笑話嗎！」

不會吧～好想哭喔～智惠意義不明地哀嘆著。

然後她用像要射殺人的眼神瞪著我說：

「和泉征宗！」

「是、是的！」

「可惡！你要幸福喔！」

咚。她用拳頭在我胸口打了一拳。

「…………………………」

慢慢地……

一股熱意從智惠的拳頭，逐漸滲透到我胸口。

所有煩惱都被這拳揍跑後。

「那當然啦！」

我對這位摯交好友，回以爽快的回答。

智慧型手機的時間顯示著晚上九點半。

回到自己家的我打開玄關的門，跟平常一樣自言自語地說：

「我回來了～」

「歡迎回家。」

我還以為是幻覺。

有如新婚妻子，穿著圍裙的紗霧出來迎接我。

由於太過突然，我用顫抖的聲音問道：

「紗、紗……紗霧？」

「因、因為今天沒有其他人在……所以我才能下來。」

紗霧看起來略顯緊張，臉頰染上紅暈又忸忸怩怩的。

「是、是嗎？那這身打扮是？」

「…………因為你說，想要做些像是夫妻的事情嘛。」

所以她穿成像妻子的模樣出來迎接我，似乎是這麼一回事。

雖然這份心意我很高興，這個打扮也很適合她，但應該說很像在扮家家酒，感覺超像在玩角色扮演，讓我不知道該做何反應。

「呃，那我重來一次……我回來了。」

「嗯……歡迎回家…………老公。」

我直接死亡。當場屈膝跪下，痛苦到差點吐血出來。

……多麼……多麼地…………

「哇、哇哇……正宗，你沒事吧？」

「雖然超級有事，但我沒事。」

即使瀕臨死亡，我還是勉強露出微笑。

紗霧拉起我的手，扶我站起來的同時說：

「哎、哎喲……不要嚇我啦。你應該有吃過飯了吧？」

「嗯，有隨便吃過了。」

「我有放好洗澡水了，要不要去洗個澡？」

「謝啦，就這麼辦。」

我脫掉鞋子，稍微冷靜下來以後……

「………………」

我緊盯著穿著圍裙的紗霧看，結果紗霧變得倉皇失措。

「什、什麼？」

「沒有啦，只是覺得真的很像新婚夫妻。」

「！笨、笨蛋！」

她立刻撇開視線。

這是會讓我自然地露出笑容……是我最為憧憬，屬於家人的對話。

過去曾在這個家裡發生過，曾經失去一次的事物。

家庭的風景。

我回來了、歡迎回來、晚安、早安。

這種稀鬆平常的對話，就是我的寶物。

總算拿回來了。

絕對不會再放手。

我百感交集地看著紗霧。

而她用慈祥又溫柔的聲音——

「正宗，我聽小惠說了………我的色色書刊呢？」

「沒那種東西。」

讓一切都白費掉。

情 ero manga sensei 色漫畫老師
第三章

第三章

我跟紗霧開始交往後過了幾天。

和泉家的狀況，逐漸有大幅度的變化。

第一個變化是妖精跟村征學姊搬回隔壁，房客的數量減少了。

很意外地——在那之後，妖精跟村征學姊一次都沒有來過我們家。

由於最近都住在一起，所以感覺真不可思議。老實說也很寂寞。

而對於她們兩人完全不來干涉我們的這件事，紗霧表示：

「……總覺得很可疑。」

並表現出警戒的態度，但我認為是她想太多了。

妖精的截稿時間好像也很緊迫，學姊應該也想專注於執筆作業上吧。

她們兩人在這次重大危機中幫忙的恩情，絕對要好好報答才行呢。

我是這麼想的。

另外一點，則是關於京香姑姑。

我跟紗霧開始交往這件事，原本打算立刻向京香姑姑報告——

「正宗，真的很抱歉。我會有幾天不在家——」

但是她搶先聯絡我們這麼說。

理由是因為工作的緣故……話說，京香姑姑是從事什麼工作？從來沒有聽她說過。

總而言之，向京香姑姑報告這件事現在暫時保留。

也就是說，現在住在和泉家的人只有我們兄妹和真希奈小姐而已。

嗯……我家的狀況大概是這樣。

但是某一天。

當客廳的壁掛時鐘顯示出下午兩點的時候。

「正宗先生正宗先生正宗先生！」

剛才講到的真希奈小姐不停大聲喊我的名字，然後衝進客廳裡。

為了預防萬一，我再介紹一次。

葵真希奈——她是擔任由我們兄妹創作的原作，動畫《世界上最可愛的妹妹》的系列構成與腳本的眼鏡女孩。

由於一直吃妖精她們製作的美味餐點，最近逐漸變得圓潤起來。

這當然不是指性格。

「正宗先生！發生不得了的事情啦！」

每次看到她那豐滿的胸部，我就會感受到一股誘惑——不只是如此，還會產生一股衝動，想從隱藏身體曲線的吸汗衣物外頭用力捏住腹部的肥肉。

「真希奈小姐，怎麼了嗎？妳好像從早上就不知道跑去哪裡——」

正在洗東西的我把手擦乾，走到她身邊。

「我猜是妳終於站上體重計，知道殘酷的事實了吧？」

「沒錯沒錯，十位數終於要加一——不對啦！我之前說過不要對年輕少女提起體重的話題吧！」

「老實說，我很不希望妳因為住我們家而影響到健康和美容，所以請妳瘦下來。」

「你這傢伙竟然講得那麼直接……！你們兄妹倆對我真的很嚴苛耶！」

真希奈小姐淚眼汪汪且大受打擊。

實際上，雖然現在還是能用「豐腴」來形容她的可愛，但可不能太寵她。

我完全不安撫她就拉回話題。

「不是這件事的話，那妳大吵大鬧的理由是？」

「是春季動畫啊！春季動畫！」

明明還是盛夏時期，真希奈小姐卻講出意外的詞。

「說到春季動畫，就是《世界妹》要播放的時期呢。」

「嗯，沒錯。我有稍微跟你說過吧，我有部想要靠《世界妹》徹底擊潰的作品。」

是有講過沒錯。

「不過我希望妳不要把我們的作品，拿來當成跟競爭對手交戰的武器。」

「我拒絕！對我而言，看到那傢伙不甘哭泣的表情才是最大的目標！」

有夠不正經的！

……不過，是無所謂啦。

這段對話就像是玩笑話，畢竟關於真希奈小姐的目的，在我去她住的公寓時就已經明白了。

「怎樣都無所謂啦，只要妳願意為了達成那個最大目標好好努力就好。」

「不用說我也會這麼做！」

真希奈小姐緊握拳頭，燃起鬥志。

我、紗霧、導演、真希奈小姐還有其他動畫製作成員們。

大家都秉持著「創作出優秀動畫」的意念，努力工作著。

不過在這個共同意念的背後，各自都有個人的目的。

例如想要讓妹妹綻放笑容，或者是要打倒在同時期播放的競爭對手。

想要交出成績，在公司裡出人頭地——說不定也有這麼想的人。

大家應該都擁有各自的夢想與願望。

也為此才想創作出優秀、有趣的動畫吧。

這樣就好，大家都是各自走在不同人生道路上的個體。

也正因為如此，才能獲得足以信賴的夥伴。

即使最終目標全都不同也無所謂；是好是壞也都無所謂，這些我都不想管。

各自懷抱夢想，各自燃起熱情，一起創作出好作品吧。
我是這麼想的。
「然後啊！」
真希奈小姐把那略顯圓潤的可愛臉龐湊過來說：
「今天我去見我的宿敵了！該說是中途報告還是彼此試探呢，總之就是那種感覺！」
「喔喔！結果如何？」
我也跟妖精還有村征學姊做過這種事情！
每一次較勁到中途時，我好像都節節敗退呢。
真希奈小姐露出逼真的表情說：
「有夠恐怖！」
講得太過簡潔，完全聽不懂。不過，真希奈小姐會這麼慌張……
「這表示『品質似乎很不錯』嗎？」
「嗯！超乎想像喔！我們邊吃邊聊，然後對方就超自豪地炫耀！好像正在陸續招集非常豪華的製作成員。你想想，就是小妖精的超暢銷作品……叫什麼名字？爆炎什麼的。」
「《爆炎的暗黑妖精》？」
「對，就是它！好像是那個的製作小組！」
「是喔——看來值得期待呢。」

畢竟那部動畫很有趣嘛。原作本身就是部爆笑又熱血的名作，藉由製作小組的熱情與才能，又讓這些優點更進一步發揮出來。

他們將原作讀者想像描繪的作品世界，以超越想像的形式重現出來。

既然那群人有參與製作的話，這次說不定又會是一部很厲害的作品。

雖然是別部作品，我仍感到雀躍。

「我開始期待了，趁現在先去讀原作漫畫來預習一下吧。」

「那是敵人！」

真希奈小姐朝我的額頭揮出類似E．●田（註：E．本田。知名遊戲角色）站立重拳的手刀。

「好痛！妳幹嘛啦！」

「不要那麼期待敵人的作品！」

「那是真希奈小姐的敵人吧，又不是我的敵人。」

我以前或許也有說過，同行或其他作品對我而言並不是敵人。

雖然是在同一個舞台上競爭的強勁對手，但最重要的終究還是「自己的夢想」跟「自己的目的」，我不會堅持要跟他人或是其他作品比較。

如果是像妖精或是村征學姊那樣，阻擋在我們的夢想前方——

到時候我會全力對抗。

基本上，我的立場是「希望競爭對手的作品也能成功」。

因為我想多看些有趣的作品嘛。

如果要敵視每部作品，就無法作為一名粉絲去享受了吧——我是這麼想的。

意見跟我完全相反的真希奈小姐正狠狠地咬著牙。

「啊～真不爽，好想讓那張得意的跩臉蒙上陰影～～～！得馬上請製作人從外圍去搞些小花招才行！絕對要狠狠扯那傢伙的後腿！」

我值得信賴的夥伴們都是群壞蛋，真傷腦筋。

真希奈小姐散發出有如敵人聯軍的漆黑氣息，再次瞪向我。

「腳本也是！那邊是由原作者親自撰寫每一集，所以超～有趣的！還有連專業人士都相形見絀的優秀變更，讓人覺得這個漫畫家挺能幹的！」

連真希奈小姐都打包票的話，應該是相當優秀吧。

超豪華製作群＋最棒的原作者腳本。

原來如此，真是個強敵。

「話說全部集數的腳本已經都完成了喔！明明是春季動畫！」

「那樣算很快嗎？」

我只有稍微參與而已，所以不清楚動畫業界的感覺。

「超～～～～～～～～～快的！我平常都是**冬季**才會弄完！」

「那種時程是不是……」

「那是很正常的進行速度啦，我是講真的！不要露出那種『只是妳寫太慢而已吧？』的表情！」

就算說是冬季——那是指十一月還是二月？範圍是從季初到季末耶。

雖然接下來就知道會是哪一種……不過實際上，我已經不擔心腳本了。

因為。

「所以啦，正宗先生抱歉喔。我要暫時去住在公司自主閉關！首先必須以專業人士的身分，贏過那傢伙的腳本才行！」

真希奈小姐已經燃起熱情。

自己一個人就不工作——雖然她是如此傷腦筋的人。

但一定沒問題的，因為她已經不是一個人了。

為了創作出有趣的動畫——有懷抱著相同目標的夥伴在。

「這個家真是好地方呢，每天都會有美味的飯菜自動送過來，也打掃得無微不至，隨時都那麼乾淨，光是踏地板就會有人來關切……」

她說對家裡蹲來說，這裡是個樂園。

接著真希奈小姐把手放在胸口，用不像她風格的奇妙語氣繼續說：

「更重要的是，這裡充滿了讓我的創作意願不斷湧現的刺激（劇情事件）——夠多了。能從你們兄妹身上獲得的東西，我已經全部取得了。再來只要把這份創作意願，灌注在腳本裡頭。」

「真希奈小姐……」

「哎呀，不需要說『再見』喔。那樣離別時我會感到寂寞的。」

真希奈小姐用裝模作樣的姿勢轉過身，打算走出客廳。

而我對著她的背影說：

「我向紗霧求婚了。」

「喔唔咦咦咦咦咦咦咦咦咦咦咦咦咦咦咦咦咦咦！」

真希奈小姐沒想到會遭受到突襲，整個人嚇到跳起來。

難得想帥氣地離開，這下全都白費了。

「啊，嚇到妳了嗎？」

「我差點被嚇死了！這是怎樣！這是怎樣！什麼叫你跟情色漫畫老師求婚！你們已經要結婚了嗎！這跟我聽過的計畫完全不同啊！詳、詳細希望！」

被觸動心弦——應該說整條心弦劇烈振動的真希奈小姐，以猛烈的氣勢逼近過來。而我被揪住衣領的同時說：

「妳不是說能從我們兄妹身上獲得的東西，已經全部取得了嗎？」

「不要那麼壞心啦！兄妹結婚這種事情，絕對會很有趣啊！老實說比起被競爭對手挑釁，這件事更讓我既熱血又萌啊！」

她已經忘記自己打算帥氣離去的事，超興奮地逼問我。

「我、我會好好跟妳說啦，所以請不要勒住我的脖子！」

我花了三十分鐘左右，對興奮的真希奈小姐說明我跟紗霧開始交往的經過。

於是真希奈小姐帶著滿臉笑容要去工作(閉關)，最後在玄關回過頭來這麼說：

「沒想到會收到這樣的餞別禮物……！這已經不只是為了我自己，也得為了你們兄妹——獲得勝利才行！」

我們兄妹和真希奈小姐是為各自的最終目標在行動。

即使如此，我們還是注視著相同的方向，像這樣一起走下去。

「現在起我將前往最前線！如果你們的戀愛有什麼進展，或是發生有趣的戀愛喜劇情節時，要立刻向我報告喔！」

時間是八月。

距離動畫《世界妹》第一話的播放日，還有八個月。

我在「不敞開的房間」裡，跟紗霧說京香姑姑與真希奈小姐暫時都不會回到家裡的事。

「——所以，從今天開始又是兩人生活了。」

「這樣啊……又是，我們兩人……獨處了。」

身穿連帽衣的紗霧展現出難以形容的反應。

即使是面對認識許久的我，紗霧偶爾還是會像這樣做出難以看出情緒的反應。

她的視線不斷游移，臉頰像發燒一樣染上朱紅色。

從這個態度裡勉強能看出來的是，些許的寂寞還有——害羞嗎？

我在還沒整理好思緒的情況下，決定先消除她的寂寞而開口。

「不過，最近真的很熱鬧呢，大家都聚集在這個家裡頭……分擔家事又一起吃飯。像這樣一下子都不在了，那當然會寂寞吧。」

「……嗯。」

紗霧微微點頭。而我刻意開朗地說：

「不過，沒事的，只是恢復原狀而已。一直以來都是我們兄妹倆一起生活啊。」

「……嗯……可是……」

紗霧這次沒有點頭，而是搖搖頭。

「可是？怎麼了？」

「……並沒有……恢復原狀。呃……因為……我、我們開始交往了。」

「……啊。」

這時我才終於想到，紗霧反應很奇妙的理由。

這樣子完全不同啊！

在感到暈眩的我眼前，紗霧的嘴唇誘惑似的蠢動。

「這是我們成為戀人以後，第一次……兩個人同居。」

「————」

一道電流竄過背脊。我忍不住顫抖，血液也快速竄上頭部。

我勉強擠出跟平常一樣的聲音。

「是、是這樣子沒錯。」

「嗯…………要怎麼辦。」

「怎麼——」

問我怎麼辦！妳問我怎麼辦！

這是想要我怎麼辦！我會想太多啊！

「這是……什麼意思？」

「家裡只剩我們兩個人，能做的事情就變多了……」

「…………」

這聽起來只有色色的意思，我只能僵住全身並默不作聲。

「……所以，我想試試那個。」

「……那個是指？」

「……練習！」

紗霧用力握緊拳頭，小聲但堅定地宣言。

「練、練習……咕嚕。」

不兩個人在家獨處就無法做的練習，到底是什麼？

我嚥下口水等待後續。

紗霧把握緊的拳頭像擺動南美沙鈴般上下晃動，並說：

「只剩我們兩人的話，我……想要練習……走出房間。」

「喔──」

「練習普通地過生活，練習……走出外頭。」

不正經的想法一口氣被吹散了。

「練習……是這個意思啊。」

「嗯，因為距離動畫播放還有八個月……所以我想練習到那個時候……然後……」

紗霧害躁地告白。

「等夢想實現後，我們一起出門吧。這次……要到外頭。」

「……哈哈。」

啊，這真是──最棒的獎勵。

雖然在網路上約會也很開心。

不過如果能在現實世界跟紗霧去溫泉、去海邊……去遊樂園。

光是想像這副情景，就讓我感到幸福。

把紗霧帶出房間，在客廳一起觀賞我們的作品。

這是我們兩人的「夢想」。

而現在紗霧所說的，是實現夢想之後的事情。

當我正為「實現夢想的瞬間」進行準備時，紗霧已經自己開始創作「夢想前方」的情景了。

「這樣的話，那我也要先想好想跟紗霧一起去的地方，妳就好好期待吧。」

「嗯！那也一定要讓動畫成功才行！」

「沒錯。」

想要創作出超讚的動畫，想要兩人一起觀賞，想在無比歡樂的吵鬧中開懷大笑。想把所有不幸全都趕跑，迎接最棒的瞬間。

因為我們的夢想，就是這樣開始的。

為了我們的最終目的，一起全力專心致志於製作動畫吧。

為了我們的最終目標，一起「練習」吧。

一切都有密切的關聯。

「那麼……要怎麼辦呢？」

紗霧再次講出跟剛才類似的話。這次我再怎麼樣也不會理解為色色的意思。

「說得也是……要『出去外頭』還是很困難……所以先從『普通地生活』開始練習吧。」

「嗯。」

紗霧的雙眼炯炯有神，充滿了幹勁。看到這樣的她，我豎起手指提議。

「首先，移動到別的地點吧。」

我帶著紗霧移動到客廳。

緩緩走在走廊上的紗霧。

慢慢走下樓梯的紗霧。

光是看到這樣的她，我就有點鼻酸。

「……你、你在看什麼？」

紗霧害羞地嘛起嘴，我搔搔後頸說：

「……沒有啦，我只是、有點感動。看到妳像這樣走出房間，然後四處走動。」

「哎喲……我又不是什麼稀有動物。之前也曾經在正宗面前走到走廊吧？」

「那不是只有特別的時候嗎？然後跟大家一起住的時候，就真的只有非常偶然的情況下才會碰到。」

像這樣一起在家裡走動——可從來沒有發生過。

「……妳真的就算走出房間也沒問題呢——太好了。」

我百感交集地嘆了口氣。

接著打開客廳門，比紗霧先走進客廳。

「……………………………有那麼開心啊。」

被開門聲掩蓋過，這句低語幾乎沒有傳到我的耳裡。

我們在客廳面對面站著。

「那馬上開始『練習普通地生活』吧。」

「嗯！」

紗霧幹勁十足。

「我該做些什麼呢？」

「試著在我面前『普通地生活』就可以了吧？呃，妳想一下以前我們兩個人獨居時，當我不在家時妳會下來一樓吧？」

「嗯。」

「就像那種感覺，跟平常一樣生活看看吧。」

「……那樣就可以了嗎？」

紗霧眨眨眼睛，而我點點頭。

「對，突然把門檻拉到太高也沒意義吧。而且我也對我不在時，紗霧是怎麼生活的很有興趣。」

「…………………………………………………………你好色。」

「咦咦！」

剛才這段對話，有會讓我被譴責的要素嗎！

「我不在的時候，妳都在做些色色的事情嗎？」

「不是那個意思啦！」

紗霧滿臉通紅地否認。

「不然是什麼意思？」

當我噘起嘴巴這麼問，紗霧突然乖乖地低下頭。

「……正宗出門的話，我……會去洗澡。」

「喔——是、是這麼一回事啊。原來如此，洗澡，是洗澡啊……」

「你、你在想像奇怪的事！」

「沒有沒有沒有！」

不要強人所難啦。聽妳說這種話，我當然會想像嘛！

我努力擺出正經的表情，輕咳一聲矇混過去。

「洗澡當然不用重現。但妳洗完澡以後，平常都會做些什麼？」

「嗯～」

紗霧把手放在下巴思索。或許是想不太到，她坐上沙發，更進一步沉思。

不久後，紗霧抬起頭說：

「呃，打掃……之類的？」

「對喔……這麼說起來，妳偶爾會幫忙打掃呢。」

回到家以後發現家裡被打掃過，害我嚇一跳，以為發生了什麼事情。

我還曾經因為掃除用具的擺放位置改變而感到很焦急，這說不定算是同居常有的問題。

「跟小妖精她們一起住以後……我反省了一些事。」

紗霧嚴肅地開口說：

「如果只是想到時才做家事，那根本沒有意義。照以前的做法……完全無法減輕正宗的負擔。」

呼嗯……這個嘛，的確如此。不管紗霧有沒有打掃，結果我每個星期還是會在特定的日子打掃，所以並沒有減輕負擔呢。

「我倒是很高興耶。啊，今天紗霧有幫忙做家事呢——的感覺。」

「……我覺得那種關係是小孩子跟監護人……不是對等關係。」

紗霧筆直地看著我的眼睛。

「……從今以後就決定好日子，一起分擔家事吧。」

就跟小妖精她們在的時候一樣。

對於對等同居人提出的這個意見……

「我明白了——拜託妳了喔。」

我深深地點頭。

「我希望你能教我正確的打掃方式。」

「交給我吧。但話雖這麼說，今天已經打掃過了，所以等明天吧。我們暫時先一起打掃。」

「還有……可以的話……也教我做菜。」

「做菜？紗霧要下廚嗎？」

「我想要……煮、煮給男朋友吃。」

她向上瞟著我並這麼說，讓我不禁屏息。

「……不行嗎？」

「怎麼可能不行，不管幾道菜我都會教妳。」

「太棒了！」

她輕握起兩顆拳頭，擺出小小的勝利姿勢。

「其實，我原本想要偷偷練習……然後給正宗一個驚喜……」

但是能夠讓她走出房間，待在一起的人還只有我而已。

所以也不可能去向妖精或是村征學姊請教。

「這樣就夠了，而且我很慶幸妳肯跟我說。因為我們一起煮飯的話，一定會很開心。」

「是……這樣嗎？」

「是啊，絕對會。」

就這樣，我們馬上約好今天的晚餐要一起煮。

「練習普通地生活」——正一步步緩緩向前邁進。

「打掃浴室……接下來呢？」

我扳著手指詢問後，紗霧略顯得意地說：

「健身運動。」

「健身運動？」

這……這次又突然跑出出乎意料的單詞了。

「妳說健身運動……意思是要運動吧？」

「是這樣沒錯……你為什麼那麼驚訝？」

「不是啦，因為妳是紗霧耶。紗霧跟運動，這個組合怎麼想都不搭吧？」

「唔……沒禮貌。」

紗霧不滿地嘟起下嘴唇。

「真是的……都是因為你完全不懂家裡蹲的習性……」

紗霧張開雙手，擺出大感傻眼的動作。

她搖搖手指說：

「為了讓家裡蹲生活能長久持續下去，健身運動是非常重要的。」

「是喔。」

「因為一直都沒有離開家裡，如果不刻意活動筋骨，身體會越來越遲鈍吧？」

「誰知道啊，我又沒當過家裡蹲。」

「這是家裡蹲的常識，要好好記住。」

這個常識感覺沒什麼機會用到。

「而且不只是家裡蹲而已，插畫家跟作家也是一樣！如果老是待在家裡工作，很快就會運動不足，因此產生各種疾病！」

「例如說？」

「像是痛風啊，糖尿病啊……」

「那不是生活習慣病嗎？」（註：即過去的成人病，近年重新命名為生活習慣病。）

妳是大叔嗎！

「這、這些疾病……對紗霧來說……應該還算太早吧？」

我可不想要會擔心生活習慣病的美少女啊！

略顯退縮地提醒她後，紗霧就像要隱藏內心想法似的別開視線。

「而且……如果一直運動不足就會……嘰咕嘰咕嘰咕。」

最後的部分雖然聽不清楚，但我大概能猜到。

哈哈……恐怕這才是最重要的理由吧。

我盡可能注意遣詞用字地接話：

「原來如此，如果一直運動不足就會變成那個嘛。」

「沒錯，會變成真希奈。」

她竟然用惡魔般的暗喻。

雖然這種講法被本人聽到會氣死……

但總之就是會變胖的意思吧。

由於這對真希奈小姐實在太失禮，所以我語帶責備地挖出紗霧的過去。

「話說回來，妳去年秋天的時候也變得圓滾滾的呢。」

「啊！」

紗霧雖然露出「這傢伙竟然講出來了」的表情且受到打擊，但還是連忙裝傻。

「人、人家不知道啦！」

「妳忘記了嗎？因為不停地吃妖精拿來的番薯，結果非得要減肥的事情。」

「哇啊！哇啊！哇啊！」

她大聲喊叫想要蓋掉這句話。

不過現場只有我在而已，所以這麼做也沒有意義。

紗霧大概也注意到這點了，於是像在鬧彆扭般地說：

「不、不行嗎？就是因為有那個失敗，我才決定要好好運動嘛！」

「當然可以啊，這是好事——好，來運動吧！」

我這麼說完，開始緩緩做起伸展操。

「咦？現在……在這裡？」

「我剛才說過——試著在我眼前過『平常的生活』吧？而且機會難得，所以也教我做健身運動吧。」

「嗯～正宗的確也可能運動不足。」

「對吧？」

即使要擔心生活習慣病還嫌太早，但是做做健身運動也絕對不會是壞事。

為了創作出優秀的作品，就必須保持健康。

紗霧仔細思考我的提案後，不久就下定決心發出「嗯！」的聲音。

之後，她用不輸妖精的自傲姿勢指著我。

「我知道了！和泉征宗！就讓你進入我的新兵訓練營吧！」

「是！麻煩您了！情色漫畫隊長！」

「我不認識叫那種名字的人！」

突然間——

情色漫畫新兵訓練營就開始了。（註：原哏為「比利隊長的新兵訓練營」（Billy's Boot camp），是由美國陸軍的專屬教練以帶領新兵訓練營的運動方式瘦身）

「音樂——下！」

音響開始播放節奏輕快的音樂。

紗霧站在把家具移到旁邊去的客廳中央，跟我面對面。

她脫下了連帽衣，現在只穿著T恤跟緊身短褲的輕便打扮。

紗霧配合音樂反覆地左右踏步，同時用力指著我說：

「歡迎你來到我的新兵訓練營！今天將進行特殊高運動量課程！」

「是！隊長！」

看來是要配合隊長的動作進行運動——似乎是這麼一回事。

雖說是抄襲某知名影片，但情色漫畫隊長的每個言行舉止都很有趣也很可愛，就是本訓練課程的特徵。老實說如果是這種內容，我希望能出藍光BD，就算要價五十萬日圓我也絕對會買。

「準備好了嗎！」

「是的！隊長！」

我跟隊長反覆左右踏步，同時打著拍子。

「其實原本還要使用彈力繩！但聽好，我接下來要講一件很重要的事情！那就是這對家裡蹲而言根本不可能辦到，所以不要用！」

「是的！隊長！」

……剛才不是說要進行特殊高運動量課程嗎？

留下這個疑問，訓練營繼續進行下去。

「雙手高舉過肩！繼續擊掌！」

「是！隊長！」

「唔……這個動作非常辛苦！但是絕對不能放棄！」

其實沒有多辛苦這類的話我實在說不出口。

如果是原本的影片，這才熱身到一半而已耶。

「很好！就是這樣……呼、哈啊……」

「隊長妳沒事吧！」

「呼啊——哈啊——」

隊長，妳也太快就累了！

情色漫畫隊長的踏步突然變慢，最後完全停下來。

她大口大口地喘著氣，同時伸出單手說：

「休、休息十分鐘……！」

「才開始一分鐘就筋疲力盡了嗎！」

不管怎麼說，這體力也太差了吧。

「哈啊……不行了……果然特殊高運動量課程還太早……」

紗霧整個人癱倒在地板上。

原來如此，這對隊長而言是特殊高運動量課程呢。

「哈啊～要死了……呼～要死掉了啦……幫我拿運動飲料。」

我想跟運動消費掉的熱量相比，運動飲料的熱量還比較高。

「來。」

我把毛巾跟運動飲料遞給滿身大汗的紗霧。

「不用耍帥也行，就做妳平常做的健身運動吧？」

「就、就這麼辦。」

就這樣，我們放棄新兵訓練營，一起做「紗霧平常的運動內容」。

沒想到紗霧竟然能完成一次腹肌運動了。

真是顯著的進步。

結束健身運動後，我們輪流沖澡，回到紗霧的房間裡。

因為「練習普通地生活」——在健身運動以後，就是跟平常一樣回到房間裡頭工作。

嗯，的確是這樣。畢竟是紗霧嘛。

今天我也把筆記型電腦拿到「不敞開的房間」裡，在同一個房間裡工作。順帶一提，我現在進行的是修改之前交出去的動畫腳本、原作第六集的修正、監修遊戲劇本的修正稿及動畫特典的廣播劇CD腳本等等。

各位也許會想說，這堆東西不是之前就弄完了嗎？——但這些東西並不是交出去就結束了。這些傢伙還會復活好幾次。

提交初稿→修正→修正→全部重寫，這也是常有的事情。

可不能因為有了戀人，就一直心浮氣躁。

也不能因為穿著睡衣的女朋友因為剛沖完澡後變得很性感，而一直被迷得神魂顛倒。

「紗霧，妳目前在進行哪項工作？」

「今天呢，是要監修動畫的角色設定。」

「是喔～」

我和泉征宗雖然是《世界上最可愛的妹妹》的原作者，但角色外貌相關的詳細設定是由情色漫畫老師負責。

流程大概是，先由和泉征宗撰寫小說。

接著把小說內文跟簡單的外觀設定交給情色漫畫老師。

情色漫畫老師畫出角色設計草稿。

然後原作者、責任編輯和插畫家之間互相討論，最後確認角色設定。

接著配合定稿後的角色設定修正小說內文。

以上就是「原作角色設定」的製作過程。

現在情色漫畫老師正在監修的，是以「原作角色設定」為基礎的「動畫版角色設定」。

我從背後偷看正在敲打電腦鍵盤的紗霧。

「我收到雨宮導演寄信來問問題的郵件……而我剛回覆她。她問說這孩子的睡衣底下是穿什麼樣的內褲——這樣。」

雖然是會令人發笑的問題，但應該是非常正經地在確認工作內容吧。

「動畫連這種部分都要設定啊。」

「那當然，不然有的角度就畫不出來了。」

「呼嗯，是這樣啊。所以，紗霧妳怎麼回答？」

「沒穿！」

她強而有力地回答。

「這樣回覆的話，不就會有畫不出來的角度嗎？」

「但她就是沒穿嘛。」

情色漫畫老師說自己絕對不會說謊。

身為創作者的強力堅持，就是不穿內褲這一點。

「雖然製作人物模型的業者也問了這個問題很多次——但穿這套衣服的時候，她就是不穿內褲。讓她穿上內褲的傢伙，我絕對不會給予許可。」

「這個監修者真麻煩！不過我能理解這種心情！」

每個人都有決不退讓的堅持嘛。

「對吧？」

「雖然能理解……但對方不會感到困擾嗎？」

「啊，導演剛好回信了。」

紗霧用電腦打開信箱，就看到雨宮導演寄來附有圖片的郵件。

圖片是女主角穿著睡衣的設定圖——

【我理解情色漫畫老師的意見——是像這樣子嗎？】

「沒錯！就是這個！就是這種感覺！」

情色漫畫老師拍手大讚，然後佩服地叫好。

「不愧是雨宮導演！完全理解內褲的真理！」

「……我就算看到這張設定稿，也還是完全無法理解何謂內褲的真理耶。」

就算說她沒穿內褲，但她還是有好好穿著褲子啊……

「呼～外行人無法理解嗎……」

紗霧裝得很懂似的揉揉太陽穴。

「讓我來教你吧，現在我正好也穿著夏季的輕薄睡衣——」

紗霧輕巧地從椅子上跳下，當場四肢著地趴下來。

她把屁股朝向我，開始用認真的語氣解說：

「像這樣應該就很好懂。送來的設定稿由於下半身沒穿內褲，所以外觀會有微妙的不同……

而且單薄的衣服很透，看得見身體線條吧？」

我仔細看了情色漫畫老師獻身演出的樣本後說：

「我清楚理解有穿內褲反而會比較煽情了。」

原來如此，這就是內褲的真理啊……！

「沒錯！所以為了襯托出這個角色的清純感，才反而不讓她穿——！」

保持著四肢趴地的姿勢，只把臉轉向我這邊的紗霧透過鏡子看到自己的模樣，瞬間變得面紅耳赤。

「你讓我擺什麼姿勢啊！」

「是妳自己擺給我看的吧！」

紗霧似乎聽不見我的吐嘈，慌張地站起來就鑽進棉被裡。

然後從包得圓滾滾的被窩裡只露出臉來。

「快忘掉！把記憶消除掉！」

「不要強人所難啦。」

「不然你也擺些煽情姿勢來！只有我一個人丟臉也太狡猾了！」

「不要講些亂七八糟的話啦！」

就這樣——

我們度過了平穩的時光。

不知道時間過了多久……

我們兩人都專注在工作上，完全沒有交談也沒注意對方。

即使最喜歡的女朋友就在身邊，也不會擾亂心思。

達到了虛無的境界。

在寂靜無聲的「不敞開的房間」裡，只響起喀噠喀噠的聲音。

這是我敲打筆記型電腦鍵盤的聲音。

不知道各位是否還記得，前幾天跟神樂坂小姐開會時有講到「要配合動畫播出讓原作也發生重大劇情」的這件事呢？

我現在進行的，就是要在之前提交的原稿中加入那個「重大劇情」的作業。

大概有四成要重寫——話雖如此，只要一動起手指來，就不會花上太多時間。

該怎麼修改才好，我的手指都知道。

——雖然這樣講好像很帥氣，但這只是因為「如果思緒無法統整，就一個字也寫不出來」而已。當我專注於作業時，似乎不知不覺就過了很長一段時間，直到我的智慧型手機發出震動，通知我已經下午五點了。

「哎呀，時間已經這麼晚了。得去買晚餐的材料才行。」

妖精跟村征學姊已經不在這個家裡了，必須要自己煮飯。

啊，這麼說起來，我好像跟紗霧有約好。

——還有……可以的話……也教我做菜。

「紗霧，妳要一起煮晚飯對吧？」

我從筆電前抬起頭，就這麼坐著環視房間，尋找紗霧的身影。

「我要去車站前買東西——」

有什麼想吃的東西嗎？本來打算繼續這麼講，但我的聲音在中途停止。

「——」

因為紗霧躺在床上……睡著了。看來在我工作時，她不小心睡著了。

「……呼……呼……」

她發出很舒服似的呼吸聲。

「什麼嘛，真拿這傢伙沒辦法，連棉被也沒蓋上。」

我苦笑地看著她的睡臉。

「…………………」

光是這樣，我的心裡就逐漸充滿了溫暖。

我能夠實際體會到，過去我所追求的事物現在就在這裡。

……好想永遠跟妳在一起。那樣的話，不知道會有多幸福。

當我突然回過神，紗霧的嘴唇就近在我眼前。

「……唔——」

把紗霧叫醒，然後去買晚餐的材料吧。

雖然我是這麼想沒錯，視線卻離不開那小巧又柔軟的嘴唇。

「…………」

我以伏在睡夢中少女身上的姿勢，慢慢地，湊近她的臉。

「………………………………………………！」

心跳快速地高聲鼓動，那聲響甚至讓人覺得吵雜，常識性的思考一個接一個被覆蓋掉。因為是女朋友……因為已經開始交往了……有何不妥——惡魔對我低語著。

只剩幾公分就會碰觸到嘴唇——

「唔啊——！」

我在快要碰到時踩住煞車。接著猛力向後仰，把臉從紗霧的嘴唇移開。

「好、好好好危險……！真是好險……！」

紗霧是「我的妹妹」算是某種藉口，至今在心理層面上發揮了作為煞車的功能。而現在沒有這個藉口，紗霧又從「妹妹」變成了「女朋友」，這讓我內心的欲望逐漸變得難以駕馭。

即使如此。

「我必須自重才行啊……！這種事情不該是『現在』做……！」

我跪在紗霧的床上，抱頭懊惱著。

從旁人看來，根本就是犯罪現場。

幸好，這裡除了我跟紗霧以外沒有別人——

「本小姐看到嘍。」

「咿咿！」

背後傳來女性的聲音，讓我嚇到跳起來，因恐懼而顫抖的同時轉過頭。

站在那邊的人，是正半瞇起眼睛看著我的——妖精。

想必她又是越過陽台來的吧——不是啦！

「妳、妳……從、從什麼時候開始在那裡……」

「從你放聲大喊，在快親下去前踩煞車的時候開始。」

妖精單手像在把玩似的拿著智慧型手機。

「真是可惜，本來能拍下好照片的說。」

「喂！」

「開玩笑的，我本來就打算要阻止你喔。雖然你幾乎就快親到，也不知道來不來得及。」

「是、是嗎……不好意思，讓妳見笑了呢。」

我下床站好，重新面向妖精。而她斜眼看著我。

「就是啊。就算是互相喜歡，也不能做這種事情吧。如果你最後真的親下去——本小姐會鄙視你。」

「……我無話可說。」

她似乎正在生氣。妖精的語氣前所未有的冷漠。

沉默一會兒後，我吐出一口氣。

氣氛稍微鬆緩下來。

「不過，本小姐相信你。即使有點遲疑……但你是不會對喜歡的女孩做出那種事情的。」

我不知道自己該如何反應才好。

總之就是很尷尬。

這就像是藏在房間裡的色情書刊被女性朋友發現——比這樣還來得痛苦。

「妖精……妳……今天是怎麼了嗎？最近一直都沒看到妳，而且還是從陽台跑進來……妳很久沒有這樣了吧？」

「本小姐來這邊的理由？嗯～……」

似乎在想些什麼的妖精在此時微微一笑。

「這個嘛，本小姐可以隱瞞一部分嗎？」

「這種問題能直接問我嗎？」

我說ＯＫ的話，不就會被矇混過去嗎？

「意思是雖然不會說謊，但本小姐也不會全部說出來。」

「知道啦，就這樣吧。」

聽了我的回答，妖精點點頭。

「本小姐來這裡的理由……嗯，就是那個啦。」

她有點隨便地說：

「我是來妨礙你們這對開始交往的情侶啦。」

「這麼簡單易懂真是太棒了。」

「哎呀，你不生氣嗎？」

「畢竟是妳嘛，我本來就想說妳絕對會跑來。結果完全沒過來，甚至還覺得很掃興。以為妳很難得地在顧慮我們呢。」

雖然紗霧說了：「才不可能，好可疑。」

「那當然會來啦。畢竟……喜歡的人跟女朋友在那邊卿卿我我的……會讓人很不高興嘛。」

妖精似乎有些沮喪，而且賭氣地低喃。

她不看著我的眼睛說話這點，真的很少見。

妖精低著頭，就像以前的紗霧……擠出有氣無力的聲音。

「很痛苦啊。」

「…………………………………」

沒有回應妖精的求愛，決定跟紗霧交往的我無法說什麼。

我沒有那個資格。所以只能默默聽著。

「會晚了幾天才來妨礙你們是有理由沒錯……不過這件事本小姐實在不太想講。簡單來說就是……」

她斜眼瞥了我一眼。

「我跟村征吵架了……為了你的事情。」

「…………」

「你不想聽對吧？像是詳細情況之類的。」

「不……如果我能幫上忙的話……那當然……會聽。」

「幫不上忙，所以本小姐就不說了。」

「……這樣啊。」

「該怎麼說呢……村征……那傢伙的戀愛觀跟本小姐不同，所以意見完全合不來。難得身為戀愛喜劇大師的本小姐，想跟平常一樣用花言巧語騙她一起過來，卻完全辦不到。頑固的千壽村征老師就是這樣。」

她們兩人之間不知道說了什麼，妖精不高興地把手抱在胸前。

「雖然那傢伙也有很多考量啦，但要在這種時候按兵不動，本小姐無法接受。於是就決定擅自行動——所以，本小姐馬上過來啦！」

砰！妖精用擺成手槍形狀的右手，射穿我的胸膛。

然後，露出不懷好意的邪惡笑容。

「征宗，你應該還欠本小姐一個人情吧？」

致命一擊（暴擊）。對我而言是絕對無法無視的一句話。

所以，我抱著感謝的心意回答：

「才不只一個。這幾個月以來，妖精和村征學姐不知道幫了我多少忙。」

「對吧，對吧。」

妖精邊點頭邊聽我說。

我更老實地對她傾訴真正的想法。

「不只是決定動畫化之後的這段期間。從更久之前開始，妳就一直為我帶來非常正面的影響。我能有現在的成就，全都是妳的功勞。」

「……是、是嗎？有到那種地步？」

「有。」

我們賭上情色漫畫老師，一決勝負。
她讓我見識到不同價值觀的工作方式，使我奮發向上。
在老爸與媽媽都過世、紗霧變成家裡蹲……那段我最痛苦的時期。
她讓我閱讀有趣的輕小說，使我露出笑容。
然後。
她喜歡上我，不斷熱情地向我告白。
「不管怎麼感謝都不夠……真的非常謝謝妳。」
「呼……哼，感謝之類的本小姐早就聽膩了啦。」
明明老是賣人恩情叫別人感謝她，但是一老實道謝卻非常害羞。
妖精就是這樣的女孩子。
「哎、哎喲，真是的！這會讓本小姐失常！給我講一些更彆扭的回答啦！就像古早以前的輕小說主角那樣！」
「誰理妳啊，我又不是輕小說主角。」
這段對話已經是第幾次了呢？雖然是已經習以為常的對話，但我其實並不討厭。
「所以，妖精——接下來呢？我要償還這『一大筆人情』的方法，妳應該有提議吧？」
「沒錯。」
妖精好像很不甘心將對話的主導權交給我，感覺很不滿。

「請你聽聽本小姐唯一一個請求。那麼一來，至今欠我的人情就當你還清了。」

「知道了。」

「哼，在聽到內容之前你當然不可能回答吧——呃，竟然馬上答應！」

看來這個發展是出乎預料之外，讓妖精嚇得放聲大喊。

害我也嚇了一跳。

「……沒必要那麼驚訝吧。如果是為了妳，我什麼都肯做。」

「什、什麼都肯……什麼都肯做？」

明明是自己提出來的，妖精卻戰戰兢兢地詢問。而我點點頭。

「是啊，不管妳提出什麼要求，真的都無所謂。畢竟我就是欠妳那麼多人情。」

「……你喔……不要傻傻地講這種話啦。萬一本小姐……提出什麼奇怪『請求』的話，你要怎麼辦？」

「妳會提出奇怪的『請求』嗎？」

「怎麼可能會！既然你那麼相信我，那本小姐說什麼也不會說！」

「對吧？那就好啦。」

「咕唔唔……！今天的你真的很失常耶！」

妖精咬牙切齒地瞪著我。

「總而言之！」

她的手指筆直有力地指著我的臉。

「做好心理準備吧！本小姐會提出一個超大型的『請求』！」

這時她的智慧型手機開始震動。

妖精默默地看著手機畫面——大概是收到簡訊了吧——她繼續指著我這麼說：

「等、等本小姐跨越截稿日之後再告訴你！」

看來距離妖精告訴我那個「超大型的請求」，還有很長一段時間。

接下來——

太陽完全西沉，來到夜晚。

現在我在客廳，剛吃完跟紗霧兩個人首次一起製作的簡單晚餐。

隔著桌子，另一頭的紗霧露出微笑。

「……你好像很開心。」

「看得出來？」

「嗯……為什麼這麼開心？」

妳明明知道。

「因為『跟紗霧一起在客廳吃飯』——是我一直想做，卻辦不到的事情。」

「…………」

「所以，我非常開心。」

「…………這樣啊，那麼……早點這麼做就好了呢。」

這句話裡頭，大概包含了好幾種意義。

我垂下視線說「就是啊。」並點點頭。

「下次……也和京香姑姑一起……我們全家人一起吃飯吧。」

「嗯。」

「京香姑姑是今天回來……沒錯吧？」

「她有傳簡訊，說馬上就要回來了。」

「是嗎？那麼……呃……」

到現在每次說出口還是會感到害羞，臉頰會開始發燙。

「今天向她報告吧。跟京香姑姑說……我們開始交往的事。」

「……好、好啊。」

紗霧也很害躁似的，身體不停地扭動。

「……京香聽到我們在交往……會說些什麼呢？」

「她會為我們高興的。」

想必……會用那難以看透的笑容，對我們說恭喜來祝福吧。

「因為那個人對我們兄妹而言，就像另一位母親嘛。」

對紗霧而言是第二位。

對我來說是第三位的——母親。

「……嗯。」紗霧靜靜地點頭。

接下來，沉默了一會兒。

紗霧跟我都不是很愛講話的人，有時候對話會像這樣中斷。

這完全不會尷尬。

應該說是……跟家人在一起時的安心感。

不過，對於剛成為戀人的我們來說，應該會變成阻礙發展的因素吧。

即使如此，我還是不希望失去這份平靜，想好好珍惜它。

「嗳。」

紗霧再度開啟對話，我也用簡短的「嗯？」回問她。

「我想趁京香回來之前……現在開始練習。」

這是下定決心的聲音。所以不用問要練習什麼，我也能察覺到。

「是指——『走到外頭的練習』嗎？」

我們一起往玄關移動。

「………………………咕嚕。」

站到和泉家玄關大門前，紗霧屏住氣息。

那是道稀鬆平常，每個家庭都會有的玄關大門。

但這對紗霧而言，看起來應該像一道巨大的高牆吧。

自從她成為家裡蹲以後，過了兩年以上的時間。

在這段期間，她從來沒有走出家裡。連打開這扇門都辦不到。

「……妳還好吧？」

所以，這讓我變得比紗霧還怯弱。

心想著，如果很痛苦的話，那不用勉強練習也無所謂。

「嗯。」

而紗霧用蒼白的臉龐對我露出微笑。

「我之前……也已經練習過好幾次了。所以正宗……你在那邊看著……幫我加油吧。」

「……我知道了。」

我從鞋櫃裡拿出紗霧的鞋子。

每年都會買新的——卻跟全新商品沒兩樣的鞋子。

才看到象徵「外頭」的這雙鞋。

「……唔。」

她就立刻全身爆汗。原本就發白的臉色漸漸變得更加慘白。

「……唔……唔……」

紗霧全身不斷微微地顫抖。

連一步都走不出去。

她的眼裡彷彿看到什麼恐怖的東西，注視著一個點。

——我們出門嘍。

——我會買很多禮物回來的。

是看到了這麼說完後離開家裡的那些人嗎？

我用手遮住紗霧的視線。

「到此為止。」

溫柔地這麼說。

「紗霧，妳很努力了呢。」

「…………哈啊……哈啊……」

紗霧當場無力地癱坐在地上。

暫時觀察了一下情況，她的呼吸才慢慢穩定下來。

看來……暫時是沒事了。

「……還是不行。」

紗霧低語道。

「上一次練習時……明明可以摸到門了……」

這想必是認知層面的問題。今天的紗霧，是認真地想要走到外頭去。

雖然說是練習，但心情是認真的。

正因為如此，才會比以前練習時更加害怕……應該是這麼回事吧。

我把運動用的毛巾輕輕放到她頭上。

「不過，這樣也算是進步很多了吧？」

「……完全不行。」

「沒這回事啦。」

以前她連走出房間都辦不到。

能夠像這樣走下一樓，跟我一起練習外出。

如果這不算進步，那該算什麼呢？

再加上紗霧並沒有滿足於現況。

她擁有今後也要努力，向前邁進的意志。

這點比任何事還讓我放心。

「好，那差不多該回房間——」

好好休息了。

我原本打算這麼說，但此時，玄關大門的門把突然被轉動。

「！」

喀嚓的聲響，讓我跟紗霧同時回頭。

開門走進家裡的，是身穿西裝套裝的京香姑姑。

和泉京香——是我父親的妹妹，也是身為我們兄妹監護人的女性。

她應該沒有想到玄關會有人在吧。

「我回來——」

原本以為沒有人在而講出口的這句話在途中停下來。

「……咦？正、正宗……還有……」

她眨了眨眼睛。

京香姑姑的雙眼先看著我，接著看向紗霧，睜大了眼。

「紗霧！」

當然會是這種反應呢。

畢竟超級家裡蹲的紗霧竟然會出現在玄關。

「歡迎回來，京香姑姑。」

總而言之，我還是先迎接工作結束後回到家的家人。

紗霧也慢慢移動到我背後躲起來，向京香姑姑打招呼。

「……歡、歡迎……回來。」

「嗯、嗯嗯……我……回來了。」

京香姑姑目瞪口呆。

雖然她是個難以看出表情變化的人，但這次明顯看得出來她嚇到了。

京香姑姑看著我求助。

「正宗……這到底是？」

「最近即使我在家，紗霧也能下樓了。然後剛才，我們在進行『走到外頭的練習』——」

「紗、紗霧要……走到外頭？」

「不，雖然還辦不到，但已經開始慢慢練習了——對吧，紗霧？」

我對紗霧這麼說後，她依舊躲在我的背後不停地點頭。

她應該不怎麼害怕京香姑姑了，但是在房間外頭大概還是會這樣吧。

另一方面，了解狀況的京香姑姑似乎非常感動。

「……這樣不是很棒嗎……！」

「哈哈，很棒吧。」

我代替紗霧自豪地說著。

「哎、哎喲……明明完全不行……你們稱讚過頭了。」

紗霧本人很害羞，但也不是完全不自豪。

而京香姑姑似乎還是很動搖，沒有完全恢復過來。

「啊……對、對了。既然是這樣，必須慶祝一下才行！我、我去買個蛋糕！」

「啊啊啊，京香姑姑！等等，妳等一下！」

京香姑姑很有可能衝到蛋糕店，我抓住她的手阻止她。

如果是想解開誤會的話還能理解——

但這個人也太喜歡我們兄妹了吧！

「不能讓剛工作完回來，累一整天的人做這種事情啦！」

「可、可是！紗霧她都這麼努力了！我得……我得做些什麼才行！」

京香姑姑十分慌張，還拚命逞強。

看著這麼可愛的姑姑，我苦笑著向她提議。

「不然我去跑一趟吧。」

結果京香姑姑從皮革錢包裡拿出所有的萬圓鈔，塞到我的手上。

「正宗，麻煩你拿這些錢買最好的蛋糕回來。」

「妳是打算買婚宴用的蛋糕嗎！」

這附近沒有賣那種東西啦！

「不需要這麼多錢啦……呃，買個有草莓的裝飾蛋糕就好了吧？」

「不要忘記放上有寫字的巧克力牌，上頭要寫『恭喜紗霧』。」
京香姑姑一臉正經地講出這種蠢台詞。
以前的我們會誤會她也是無可奈何啊。
「我知道了。」
我忍住笑意說。這時紗霧拉了拉我的衣服下襬。
「嗯？紗霧，怎麼了嗎？」
「……那個……報、報告。」
「啊，對了。說得也是——」
有件事比買東西重要多了。於是我一臉認真地開口：
「京香姑姑，我們……有很重要的事情要跟妳說。」
「咦？跟我說嗎？」
「是。」
「……是、是什麼事呢……？」
京香姑姑看起來有些害怕。
……啊，這大概是因為那個。

——情色漫畫閃——光！

應該是想起那時候的事情吧。京香姑姑之前在我們兄妹的拜託下，遭遇到非常慘烈的事。

「啊，京香姑姑，不是的。我們沒有要再拜託妳做些奇怪的事情，所以請放心吧。」

「不、不會！如果還需要我的幫忙，請隨時告訴我。只要是為了你們，我隨時都能以情色漫畫老師的身分上台！」

京香姑姑拍著胸口斷言。

多麼可靠的一句話啊。明明遭遇到那麼羞恥的事情……

感受得到她對我們的愛有多強烈。

「真的非常感謝妳。不過這次真的不是那種要求，只是有事情想跟妳報告而已……」

「？你說報告嗎？」

「是的。呃，那個……我們──開始交往了。」

終於進入了主題。結果京香姑姑她……

「──啊？」

一臉意外地僵住了。

「咦？……是我……聽錯了嗎？我好像聽到你說……開始交往了……」

「妳沒有聽錯，我跟紗霧變成男女朋友了。」

「──」

京香姑姑瞪大眼睛。由於她的反應比想像得還要大，讓我們感到困惑。

不管怎麼說，京香姑姑也太驚訝了吧？

她露出平常那張怎麼看都超生氣的表情說：

「請你說明一下，從頭開始，詳細地解釋。」

「好、好的……」

京香姑姑並不是討厭我們，也不是在生氣。雖然知道她是個很溫柔的人，但她實在太有魄力，讓我們不得不感到畏懼。我跟紗霧緊緊貼在一起，不斷地發抖。

接下來我就像對智惠解說時一樣，跟京香姑姑說明我跟紗霧相戀的開端。

從剛開始就一見鍾情的事情。

用小說告白，曾經被甩掉——我自己這麼認為的事。

而這是個誤會，紗霧也一直喜歡著我的事情。

我跟紗霧在老爸與媽媽結婚的很久以前，就在網路上相遇的事情。

對方是命中註定之人的事情。

還有——

「我向紗霧求婚了。說——請跟我結婚。」

「…………」

京香姑姑露出只能解讀為憎恨著我的表情，默默地聽我說。

「……紗霧怎麼回答？」

回答這個問題的，是紗霧。

「我說……現在還不能結婚。然後，是由我告白的。說……請跟我交往，然後說……將來有一天，請讓我成為你的新娘。」

「所以——我們就開始交往了。」

最後由我接著結尾。京香姑姑閉上眼睛，像是在咀嚼我們說的話一般陷入沉默。經過好幾分鐘後，她睜開眼睛這麼說：

「也就是說……你們兩個目前正在進行男女間的交往……將來也準備要結婚……是這個……意思嗎？」

「「是。」」

「會向我報告……是在尋求我的同意嗎？」

「因為能讓我說：『請將貴千金交給我吧』的對象，對我們來說只有京香姑姑而已。」

紗霧早已跟生父斷絕關係了。

因為紗霧的父母只有這個人而已了。

同樣地，我的父母也只有這個人而已。

所以「獲得京香姑姑的認同」這件事，對我們兄妹而言都非常重要。

『我明白了，我會祝福你們。』

我本來以為她會這麼說。

可是……

「…………………不行。」

「咦……？」

她剛才說什麼……？

京香姑姑勉強發出顫抖的聲音。

「你們的交往還有結婚──我都無法同意。」

京香姑姑一臉蒼白，表情險峻地瞪著我們兄妹。

「…………………」

我跟紗霧都目瞪口呆。

因為作夢也沒有想到，會被如此強烈地反對。

──聽完紗霧說的話，再讀了你的作品後……我有種繼續讓你們兩人住在一起獨處，可能會非常危險的感覺。

京香姑姑對於我們兄妹之間的關係，的確有些警戒沒錯……但我一直以為，那是為了來我們家露面的藉口。

沒想到她的態度會如此強硬，出乎預料也要有個限度。

冰之女王發出有如暴風雪般的壓力，折磨著我們兄妹倆。

——現在不是害怕的時候。

「我可以……問一下理由嗎？」

我忍著不讓身體顫抖，先詢問這個問題。

她反對我們交往與結婚的理由。

如果不先聽聽她的主張，一切都無法開始。

「……………………」

京香姑姑的眼神變得更加尖鋭。

她緊盯著我，同時又好像在沉思。

沉默了一段時間後，她最後說：

「………………………理由——————」

「我不能說。」

「……啥？」

這次換我跟剛才的京香姑姑一樣，發出無法理解的聲音。

「不、不能說……這……這是指……」

「就是字面上的意思。我不會認同你們的交往，也不打算說理由。」

「這樣我們怎麼可能接受——」

「我想也是。」

京香姑姑像是扼殺掉自己的感情般講著，接著更用不容分說的語氣說：

「你們還是小孩子，只要乖乖聽監護人的話就好了——」

「什……」

「——如果是以前的我，應該會這樣講吧。」

「咦……？」

京香姑姑散發出來的壓力突然減弱了。

甚至令人感到孱弱，變為虛無的氣息。

呼……她疲累似的吐出一口氣後說：

「兩位……真的很對不起。你們的交往……我無法給予祝福。」

「……這是為什麼呢？」

紗霧用宛如對年紀比自己小的孩子講話的語氣詢問。

結果京香姑姑無力地搖搖頭。

「……我不想說。」

「「………………」」

我跟紗霧看著對方。

因為我們察覺到，裡頭應該有相當沉重的理由。

感覺像是觸碰到從以前開始就覺得京香姑姑有所「隱瞞」的——核心。

「京香姑姑……『妳不想說』的理由是？」

「正宗……我非常珍視……你們兄妹兩人。各種誤會解開後，也能很平常地對話……還能夠一起生活……總算得到的『現在』讓我感到很幸福。」

「我們也是，所以才希望京香姑姑……」

「所以我才不能說。」

她打斷我講的話並拒絕。

「我只能說到這裡。」

「…………………」

再繼續深究，就會毀了「現在」——是這個意思嗎？

「……正宗。」

紗霧注視著我的眼睛。

「……嗯，我知道。」

我和紗霧對京香姑姑的想法，應該是相同的。

所以我代替不擅長講話的妹妹說：

「我們都非常喜歡京香姑姑喔，能一起生活，每一天都很快樂……我們很幸福。」

「……正宗。」

「所以，必須讓京香姑姑感到高興才行。我們並不是只想要交往，也不是只想要結婚——而是想獲得幸福。」

我踏進去了。即使最重要的「現在」會崩壞，也非得這麼做不可。

「請告訴我們，京香姑姑隱瞞著我們的事情。」

「…………………………」

京香姑姑沒有立刻回應，而是哀傷地看著我。

和泉正宗、和泉紗霧、和泉京香。

這個三人家庭。

彷彿「現在的關係」就要在今天結束。

她低下視線，緩緩開始說道：

「正宗……你以前曾經問過我吧？問我說——『為什麼要領養我們兄妹呢？』」

「！……是的。」

「我無法祝福你們交往的理由，跟我領養你們兄妹的理由，這兩件事是同一個理由。」

「……那是指——」

這句意外的話，讓我們睜大眼睛。

京香姑姑像是放棄一切似的開始告白。

她直視著我的眼睛說：

「因為，是我殺了你們的父母。」

情色漫畫老師
ero manga sensei
第四章

*

我——和泉京香，最討厭跟自己差很多歲的哥哥。
和泉虎徹——我的哥哥。
即使是他已經不在這個世上的現在，我也不打算把這點變成過去式。
「我討厭哥哥！」
這句話，我在哥哥面前重複講過幾次了呢？
……應該不下百次吧。
在我開始上小學的時候。
由於我寄養在親戚家裡，所以老是穿著舊衣服。而哥哥送了件新衣服給我。
他要我穿著去參加新生入學儀式。
明明自己邊上學，還每天打工到很晚。
為了獨立自主，必須存錢才行……明明老是這麼說。
「……咦……這麼貴的衣服……」
哥哥對困惑的我微微一笑。

「這會是一輩子的紀念嘛，要好好打扮才行喔。」

之後我被帶去美容院，請人幫我綁頭髮……

打扮成如此漂亮的裝扮，在我有記憶以來，這還是第一次體驗。

哥哥輕拍拍我的頭說：

「妳看吧，超適合又超可愛的。是第一名喔。」

這些舉動讓人非常火大，於是我開始發飆。

我朝著哥哥的肚子猛力地用頭撞過去。

「……！妳、妳幹嘛啦！」

或許多少有對他造成一點傷害，或者撞到了他的「要害」。

我對著抱住肚子，身體向前傾的哥哥說：

「咿——！我討厭你！」

年幼的我用手指把嘴巴拉開，擺出主張「最討厭對方」的表情。

就算你問說為什麼要那麼生氣，這點我也不太清楚。

臉頰瞬間發燙，同時湧上一股煩悶的心情——

總之就是很想攻擊那個傢伙。

想把他那種看不起妹妹，從容不迫的態度整個破壞掉。

這股難以化為言語的衝動，在我心中有很長一段時間從未消失過。

現在也像是烈火一般糾纏著我。

一定是哥哥這種讓人焦躁的存在中的「某種事物」，或是「一切」不斷觸怒著我吧。

——跟哥哥年紀差很多的妹妹，會成為兄控——雖然有人這麼說，但那是毫無根據的謊話。

和泉京香這個「討厭哥哥的妹妹」就是最有力的證據。

接下來我——和泉京香就一直維持著被哥哥稱讚的髮型。

而且還維持到進入高中以後。

理由？

哼，當然是因為不想忘記當時心裡那股「最討厭哥哥」的感情啊。

你說不是因為被稱讚，所以很高興嗎？

才、才沒有……才沒有那回事！

「喔～好痛。為什麼妳會被養育成如此凶暴的個性啊？」

面對暴虐無比的妹妹，他總是像這樣不斥責我，笑著帶過。

如果只看我跟哥哥的對話，年幼的我就是個殘忍的暴君……

雖然並不是想要辯解，但面對哥哥以外的人時，我認為自己是個非常有禮貌的孩子。

不斷逞強，窺探大人的臉色，只有表面上很有禮貌。

輕視周圍那些「像是孩子的孩子」，是個討人厭的小孩。

——那就是我。

跟正宗似乎很像，卻又不同。

因為那孩子的「逞強」永遠都是為了別人。

從我懂事開始，雙親就已經不在了。我們兄妹過著輾轉流離在親戚家的日子。哥哥已經過著邊上學邊工作的忙碌生活，所以大部分的時間都是我自己一個人在親戚家度過。

親戚們對我們兄妹的態度並不算非常溫柔，但也沒有差勁到需要特別提出的家庭。

經過幾次轉學之後，我很快就培育出彆扭的性格。

畢竟每隔幾年，在學校建立起的人際關係和家庭都會全部重來。

這對年幼的小孩來說，應該稱不上良好的環境。

所以即使性格有些扭曲，我覺得這也是無可奈何的事情。

……雖然這都是藉口。

在這不斷重來的環境裡頭，也有不會改變的人際關係。

那就是哥哥和他的女朋友。

沒錯，哥哥從「一開始」就有女朋友。

搞不好是從我出生之前——就存在的女朋友。

沒錯！所以說年紀相差很多的哥哥才令人討厭！

對我來說，跟世界被重置沒兩樣的轉學還有搬家，對於高中畢業的這對戀人來說，似乎根本成不了任何障礙。

「哈囉，京香妹妹～姊姊這星期也來找妳玩嘍！」

「……妳來找的不是我，而是哥哥才對吧。」

唉——這個女人竟然每個星期都大老遠從東京跑來～！

如果親戚是住在國外的話就好了！

這樣她就沒辦法一派輕鬆地跑來！

我的內心雖然非常火大，但還是故作平靜地瞪著她。

結果她隨意摸摸我的頭說：

「妳在說什麼啊～我也很想來看看妳喔～」

「不要跟我裝熟，請不要碰我也不要靠近我。」

老實說，從第一次見到她的那一瞬間起，我就非常討厭她。

理由？

那當然是……是因為討厭，所以討厭。總之生理上就是不喜歡她。

只是這樣而已！

……你說我是因為她是哥哥的女朋友……所以才討厭她？

才、才才才、才不可能是這樣！根本不知道你在講什麼……！

「會想親近妳也是當然的啦～因為京香妹妹對我來說就跟妹妹一樣嘛！來，叫我姊姊嘛！」

近藤志保。

一個笑口常開，非常爽朗的大姊。

平凡但是穩重的樣貌，廚藝好到不輸給職業廚師，還擁有像是成年人的從容態度，總是十分溫柔，也有很多朋友，甚至連討厭我的親戚都很喜歡她——

她就是這麼出色的人。

是個跟我完全相反的存在。

是個年幼的我無論多麼拚命逞強也比不上的存在。

直到現在，她還是我無法贏過的女性。

她就是正宗的母親。

*

在和泉家的玄關。

我把京香姑姑剛才講的話簡單地歸納一下後說：

「也就是說……京香姑姑是個超喜歡自己哥哥的兄控妹，所以才會討厭『哥哥的女朋友』對吧？」

「完全不對！為、為為為、為什麼會變成這種結論！」

「就算妳問為什麼……但聽起來就是這樣啊。對吧，紗霧？」

「嗯，京香是個兄控妹。」

紗霧也不停點頭稱是。

「連、連紗霧也……！」

京香姑姑雖然非常動搖，但還是輕咳一聲繼續說：

「不是這樣的……我剛才想要傳達的是……我對於哥哥跟他女朋友懷抱著複雜的想法……這部分。」

「我覺得完全不複雜耶。不如說因為太過直白，連現在的輕小說都不會拿來當成題材。」

「這、這很複雜啦！……真是的！你老是把所有事情都拿來和自己的職業混為一談！」

這時她的語調轉變成低沉又恐怖的聲音。

「而且……正宗……還有紗霧也是。為什麼你們可以如此冷靜？你們有聽見——我剛才所說的話吧？」

——因為，是我殺了你們的父母。

「有聽到啊。不過我們的態度要等聽完京香姑姑的話再來決定。畢竟我們的姑姑是個很容易被誤解的人。」

「隨時都會說出像壞蛋一樣的話，讓人無法大意。」

紗霧說得沒錯，所以怎麼能如此簡單就討厭她。

除非京香姑姑真的是殺人犯，而且跟我們父母的死亡有直接關聯——這樣就另當別論了。

在現階段來說，京香姑姑依然是我們兄妹最重要的家人。

所以沒必要改變態度，沒錯吧？

看到我們的反應，京香姑姑用困惑的眼神看著我們。

「……你們…………為什麼？」

「我只是不希望家人之間再產生誤會而已。京香姑姑其實是很溫柔的人……我們長久以來都沒有發現這件事。也一直白白浪費掉原本能作為家人，共同度過的時光。這樣……不覺得很可惜嗎？」

好不容易才成為家人，所以不想失去。

「正宗……你真的跟我討厭的那些人太像了。」

「可是妳卻對我很溫柔呢。」

「那是……」

京香姑姑沒有回答我的問題，將視線移開。

「…………我繼續說下去。」

＊

我對正宗的母親——志保姊懷抱著強烈的自卑感。

混雜著厭惡、憤怒與憧憬，我一直燃燒著類似敵意的情感。也曾經想要在對方擅長的領域中超越她，於是踏入料理的世界裡。結果……跟你們想像的一樣。

「京香妹妹，妳沒有做料理的天分啦。就算和我比廚藝也絕對不會贏喔。」

「這我知道！妳不用一直跟我講！」

「學校的課業、運動還有受男孩子歡迎的程度，這些都是京香妹妹大勝吧。為什麼要挑我擅長的領域挑戰呢？」

「我最討厭妳了！所以絕對要贏過妳！」

「是嗎？我很喜歡妳喔，因為是喜歡的人的妹妹嘛。」

「唔唔唔唔唔！」

思春期的和泉京香，不斷挑戰哥哥的女朋友。

現在回想起來還是很丟臉……真是苦澀的回憶。

不過，也是很寶貴的回憶。

我雖然老是頂撞志保姊，但那都只是我單方面討厭她，她回應給我的全都是善意。

所以這更是讓我無法原諒，只能悲慘地感受到自己有多麼孩子氣……各種想法混雜在一起，逐漸被來回兜圈子的思緒給困住。

這股扭曲到達最巔峰，是在哥哥跟志保姊的結婚典禮當天。

即使我早就到了能明辨是非的年紀。

「……哥哥……志保姊……恭、恭喜、恭喜…………嗚……嗚啊啊啊啊啊〜〜！」

我從早上就開始大哭，哭了整整一個小時。很諷刺地，這也讓我達成初次讓志保姊產生動搖的壯舉。

「不要啦啊啊啊啊啊啊啊啊！我不要哥哥結婚啦啊啊啊啊啊！」

這是和泉京香最大的恥辱。只有這件事，就算是正宗，我也不打算跟他說。

真是的！哥哥結婚明明是非常值得慶賀的喜事，為什麼當時的我會嚎啕大哭呢！真的完全無法理解！

再說，因為哥哥結婚的關係，害我接下來遭遇到無比悽慘的狀況！

和泉家沒有多少親戚，而我還是沒有生活能力的小學生……

於是跟新婚夫妻同居的地獄生活就此開始。

這個時期的事情！這個時期的事情！我半個都不想講……！

啊……啊……啊啊啊啊啊啊啊！

淨是一些光回想起來就快讓人抓狂的事情。

有妹妹能在這種惡夢般的環境裡撐下去嗎？不！沒有！

咳咳。

好，我因為種種緣故，又更加曲解志保姊的好意而越來越討厭她……但這股心情因為某件事情而大幅緩和。

那就是正宗的誕生。

看到小寶寶躺在嬰兒床裡，露出天真無邪笑容的瞬間──

「很可愛吧～？」

「嗯……好可愛。」

我內心確實起了某種變化。

該說是釋懷呢……還是該說心裡有個了斷……

突然變得很輕鬆。

剛出生的姪子，用嬌小的手抓住我的手指頭。

只要這樣看著他，就覺得過去堅持的事物非常微不足道。而且覺得在這孩子面前對這孩子的母親展現敵意，是絕不被允許的壞事……

「志保姊……過去真的很對不起。」

「妳、妳怎麼突然這麼說？」

「對不起，老是妨礙妳。對不起，妳明明是恩人，我卻一直討厭妳……我會盡早離開這個家

的……」

「妳發燒了嗎？這樣很噁心耶。」

「什……！我、我果然還是討厭妳！」

「就是這樣，京香妹妹如果不這樣就太沒勁了！」

雖然最後我們又開始跟平常沒兩樣的對話……

但從這一天開始，我們之間的關係還是有所改變。

也就是說——我已經承認自己輸了吧。

我的初戀，就到此結束。

我雖然不得不過著「跟新婚夫妻同居」的電燈泡生活，但成為高中生以後我就住進宿舍，終於能夠離開哥哥他們夫妻，自己生活。

每次遇到連續假期我就會去看他們。有時罵罵哥哥，有時頂撞志保姊，或者靜靜地看著正宗。

那段日子既單純又幸福。

小孩子的成長真的快得很恐怖。才稍微一陣子沒見面，我可愛的姪子就大到認不出來了。

幸好他似乎也很喜歡我，到他三歲為止都還是叫我：

「小姑姑。」

而且也經常黏著我。

「……小、小……姑……姑？」

雖然只是童言童語，但由於我當時是女高中生，所以這句話讓我大受衝擊。

我抱著姪子感到不寒而慄，哥哥則從後頭出聲說：

「喔喔！小姑姑在陪你玩啊！太好了呢～正宗！」

「哥哥～～！犯人就是你吧！竟然教正宗這種奇怪的叫法……！」

「唔喔喔……幹嘛啦？喊那麼大聲，會被正宗討厭喔。」

「唔……」

我連忙閉上嘴巴，窺探姪子的表情。

……太好了，他沒有嚇到。

「小姑姑。」

「我、我在！什麼事！」

「喝奶奶。」

「咦咦！」

再說一次，那時我只是清純的高中女生，所以即使知道這句話沒有什麼色色的意思，還是會讓我非常動搖。

姪子繼續用天真無邪的笑容，向我提出這個要求。

「喝奶奶。」

「唔耶耶耶耶~~~~~~!」

怎、怎麼辦?要怎麼樣……

我用眼神向哥哥求助,而他很佩服似的戳戳兒子的臉頰。

「正宗~……你還真有膽呢。」

「快、快救救我啊!」

「要不要試著餵他看看?」

「擠不出來啦!」

這果然可以打下去吧?畢竟這應該任誰都看得出來不是暴力,而是制裁。

*

「正宗你……原來是個好色的小鬼!」

「那、那那那、那是小時候的事情啦!不可能會有什麼邪念,而且我也記不得!」

我慌忙地辯解。

這時紗霧用充滿興趣的眼神看向京香姑姑。

「所以……京香。」

「什、什麼事？」

「妳有餵他嗎？」

「才沒有！」

紗霧還是一樣用純真的表情，做出寡廉鮮恥的言行來。

「真的嗎？……一次也沒有？」

「…………………………………………………………沒、沒有。」

京香面紅耳赤地把頭轉開。看到這個動作，紗霧的聲音立刻大喊。

「這個反應！難道說！」

「才、才才才、才不是！」

「在正宗失去的幼兒期記憶裡頭！說不定會有女高中生餵母奶的場景啊！」

「紗霧冷靜點！為什麼是妳這麼興奮啊！」

「因為！哈啊……哈啊……！」

紗霧用智慧型手機顯示出照片，並拿給我看。

「這個超可愛妹妹的餵母奶情景！如果過去真的存在！那可是本世紀的重大發現！」

「為什麼妳存下來了啊啊啊啊啊啊——！」

京香姑姑因為太過羞恥而放聲大喊。

紗霧給我看的是京香姑姑還綁著雙馬尾時期的照片。

我盯著那張照片沉思後說：

「…………………催眠療法會有效嗎？」

「你也不要打算回想起來！」

「沒有啦，她講到這種地步讓我很在意啊。」

「絕對別去回想！知道了嗎！」

＊

我繼續說下去！

咳哼……趁緊張感減緩時，把難以說出口的部分結束掉吧。

不，應該不需要我多說。

因為接下來就是正宗懂事後發生的事情，他也非常清楚。

若要用我的視角追加補充，就是我在和泉家……繼續扮演我自己，最後被正宗討厭了。

對他來說，我——和泉京香就是個偶爾出現——

斥責父親的一名恐怖女性。

討厭媽媽，然後不太熟的女性。

僅此如此，會被當成壞蛋也是理所當然。

同時我也很清楚，自己沒有解開誤會的能力。所以我馬上就放棄跟喜歡的姪子接觸，改成在遠方守護著他。

偷偷（在不知道是誰送的情況下）把禮物送給他。

不然就是請哥哥給我看正宗的照片，見證他的成長。

「唔哇……好像小孩監護權被奪走的父親。」

「紗霧！不要說這麼令人難受的吐嘈！」

……………………………

「妳看！京香姑姑都默默受到嚴重打擊了啦！快想辦法安慰她！」

「那個……我的前一任爸爸好像從來沒有做過這種笨拙的關心舉動。」

「用超沉重的往事矇混過去也太卑鄙了！」

正宗拚命想要安慰我。

「京香姑姑，抱歉打斷妳說話。請妳繼續說下去。」

這是從當時的關係來看，根本無法想像到的情景。

一想到之後將會看不到這個情景，我就非常心痛。

志保姊因為交通事故過世後，和泉家失去了光芒。

最明顯受到打擊的人是哥哥……而在一旁看到這樣的父親，正宗開始逞強，甚至不允許自己陷入悲傷。

他模仿志保姊，開始學習下廚。

拚命把家事做好。為了不要讓被留下來的父親有其他的困擾，他在學校成為優等生，再也不說任何孩子氣的任性話。

對我來說……他這個模樣，讓我看了十分心疼。

被正宗討厭的我，完全無法幫他。

也沒辦法代替他的母親。

這真是非常沒出息、令人著急又焦躁……從他眼中看來，我就像個恐怖又狠毒的老太婆吧。

所以他變得更加討厭我。

*

京香姑姑所述說的，是和泉家的黑暗時期。

對我而言雖然都是已經知道的事情，但聽著聽著就變得很想哭。

京香姑姑用聽起來很恐怖的溫柔聲音說：

「你開始寫小說以後……變得經常露出笑容呢。」

「……是的。」

我微微點頭。

「我是被小說……還有小說為我帶來的朋友……救出來的。」

「……是這樣啊。」

老爸跟我。當時家裡只剩下兩個人的我們，花了很長一段時間才振作起來。

至少算是恢復到，能說自己已經振作起來的程度。

可是父子家庭最根本的問題並沒有解決。我總是當一名鑰匙兒童，過著每天獨自等著父親晚歸的生活。

這件事……我想對京香姑姑而言，是無法忍受的事吧。

解開誤會、成為家人，理解京香姑姑以後——

我現在終於明白了。

「其實我沒有很寂寞的自覺，因為我有想成為小說家的夢想。當我沉醉在其中的時候，就不會去想其他事情……再說，這種事情也算是常見的家庭問題嘛，哈哈。」

＊

正宗雖然笑著這麼說，但是我很清楚。

當時他自己一個人待在家裡時，偶爾會哭。

沒有母親在——這的確是常見的家庭問題。

也許有人會說，那又怎麼樣？

世界上有很多跟他相同狀況的孩子，也有很多孩子身處於更糟糕的環境。

所以感到寂寞會很奇怪嗎？很可恥嗎？這種事情並不是什麼大不了的問題？

話不能這麼說。親近的人過世，就算是大人也會哭泣，無法割捨並給周遭帶來許多麻煩。小孩子根本不需要忍耐。

母親過世所以很寂寞，這對當事人來說是很很很很很嚴重的問題。

然後對我而言，是跟世界存亡相比的嚴重問題。

因為我可愛的姪子感到寂寞。

即使知道這麼多，我自己卻沒有能力直接解決這個嚴重的問題。

——就算是這孩子，也不想要像我這樣的母親吧。

我只能越來越焦急與煩躁。

「就是這個時候。哥哥他……把大嫂介紹給我認識。」

「妳好啊！妹妹，初次見面！那個……我是插畫家！筆名是情色漫畫，請多多指教！」

「……我的……媽媽？」

「對。」

我點頭回應紗霧的詢問。

我偶然碰見哥哥跟女性走在一起——初次見面是這樣的情況。

「雖然很漂亮，卻給人詼諧的印象。明明外表完全不同……卻讓人覺得她跟志保姊很像。」

喜歡裝熟的部分。

感覺沒啥智商的講話方式。

會在路邊光明正大地講出情色漫畫的大條神經。

這些都讓我懷念到想哭出來。

明明是不同人……

「嗯……這點我能理解。因為我也有那種感覺。」

「正宗也一樣嗎……？」

這代表說，她是位跟我完全相反的女性。是我最討厭的類型，也是引發我鄉愁的存在。

我馬上就知道她是哥哥喜歡的類型。

「當時我還在胡亂猜測她或許是哥哥的新女友，但他們……只是在討論工作方面的事情。」

「……『爸爸』……曾跟我的媽媽一起工作嗎？」

正宗回應紗霧的這句話。

「我記得『媽媽』的工作是繪製遊戲的插畫吧？」

「嗯，不過沒有使用『情色漫畫老師』這個名字就是了。」

「那也許會有那種情況沒錯，因為老爸是在出版社上班。」

「我都不知道……是這樣嗎？」

「是啊。雖然老爸不是在輕小說部門，但在某種意義上，現在的我也許算是從事跟老爸相似的工作呢。」

正宗似乎很開心。

這個笑容，看起來跟他父親一模一樣。

某一天。

「哥哥……你喜歡那個人嗎？」

被我這麼詢問的虎徹哥哥，露出跟正宗現在一模一樣的害羞表情。

「咦？妳、妳在說什麼啊……」

「你喜歡她吧？……哼，因為我很清楚，那個人是哥哥喜歡的類型吧。」

「我可沒有告白或跟她交往喔，只是境遇相似所以很合得來。」

有年紀相近的小孩，也是單親教養……

聽哥哥這麼一說，雙方的境遇的確很相似。

——不過離過婚的話，就不適合當正宗的母親呢。

初次見面時，我雖然給她打了個嚴苛的分數——

「京香！下個星期天我們去看電影吧！」

但不知為何，從那之後她好幾次都來邀我出去。

她約我去看電影，是在第三次「偶然」遇見以後的事。

這天我們兩名女人，進行了一對一的談話。

當我正在話裡參雜著「寄生」、「ＡＴＭ」、「所以說阿宅就是這樣……」這些字句，向這個好像對哥哥有意思的離婚女發動嘲諷攻擊時，她突然講出這句話來。

「什、什麼？幹嘛突然講這個！」

「其實我沒有同行以外的女性朋友。」

「所以呢？」

「一起去看嘛！因為是超熱門的話題作品，所以妳應該知道吧？就是最近流行的動畫電影！聽說非常感人喔！」

「我不記得我是妳朋友耶。」

「好啦好啦，沒關係嘛。」

「妳這就是所謂『擒賊先擒王』的策略吧。哼，奉承我也沒用。我可不打算讓哥哥去踩這種明顯擺在眼前的地雷——」

「好啦好啦，沒關係啦！我認為京香一定很有天分喔！有股只要培育一下，之後就會陪我一起逛動漫商店的的強烈預感！」

「我才不會去那種地方！」

結果——我被她硬拖著去了很多地方。

但我也沒有因此喜歡上那些阿宅興趣，反而更覺得這些東西很討厭……

「雖然我喜歡虎徹先生……但並不打算跟他交往喔……」

「……咦……？」

我逐漸加深對她的理解。

「這是……什麼……意思？」

妳的目標不是我哥哥嗎？

既然這樣，為什麼要說出這種好像要找我商量的話……

「因為我們都有小孩，我也離過一次婚……」

「妳喜歡他卻要放棄嗎？」

「應該說，必須讓自己不要喜歡上他才行。」

「妳以為妳講這些，我就會說些什麼貼心的話嗎？」

「不覺得喔。」

我的挖苦似乎正好戳中她的笑穴，讓她輕聲笑出來。

我眯起眼睛瞪她。

「話先說在前頭，我可是很討厭妳。」

「嗯嗯，這我知道。」

「那妳在笑什麼？」

「話先說在前頭，我可是很喜歡妳喔。」

「妳、妳的這種地方——」

這種地方，跟我完全不同。

如果像她這樣的人成為母親，或許也能消除正宗的寂寞吧……

我開始這麼心想。

*

聽完我說的話，紗霧很意外地問說：

「京香……妳是……媽媽的……朋友嗎？」

「不是。」

我搖搖頭。

「我最討厭她了，僅次於哥哥。」
「……這樣啊。」
「有件事情，我必須向你們兄妹道歉。」
我終於——要把發誓一輩子都不會說出口的事情講出來。
也許是感受到我的決心，正宗與紗霧都緊張起來。
「這是即使很卑鄙，我也要隱瞞你們的事。」
「…………………」
哥哥跟大嫂從結婚前開始就是對很相似的夫婦。
有喜歡的人……可是都為了孩子放棄。
我從他們兩人口中聽到了相同的話。
他們對彼此都有好感，但也因此想遠離幸福。
這件事，世界上只有我一個人注意到。
——我不想把最討厭的哥哥交給任何人。
原本應該已經破滅消逝的初戀，又在我的內心死灰復燃。
正宗依然在沒有任何人的家裡擔心害怕，時而落淚哭泣。
我相當煩惱，不斷、不斷地反覆自問自答。
雖然我的人生總是越是努力就越事與願違，白費力氣。

但只有這次不能失敗。

我拚命地用笑容掩蓋自己煩惱到最後所得出的結論，痛心地說：

「——哥哥，你不考慮再婚嗎？」

內心被烈火燒灼並說出口的一句話，似乎確實在煩惱於相戀的兩人背後推了一把。

「——謝謝妳喔，京香。」

「——我們能夠結婚，都是託妳的福。」

在這一年以後。

哥哥跟大嫂就在新婚旅行中過世了。

＊

「是我殺死了你們的雙親。」

京香姑姑再度說出這句話。

「…………………」

「…………………」

我跟紗霧都僵在原地，什麼都說不出口。

京香姑姑所說的真相帶來巨大的衝擊，讓我們兄妹的內心動搖。

「所以我……才會領養你們。」

「…………」

我們父母再婚的幕後推手。

不是別人，就是京香姑姑。

怎麼會有……這種事情。我一直以為……京香姑姑跟媽媽的感情不好，但其實不是這樣？

然後……如果沒有她。

我們父母就不會下定決心要結婚，那天的那個時候也不會去新婚旅行。

兩人就不會因此一起過世了嗎？

所以她才負起責任——領養我們？

所以才沒辦法跟我們說——這個事實？

——我拒絕回答。

——理由是？

——因為會造成我的損失。

……是這樣啊。

……我理解了。

「我是個瘟神。」

京香姑姑說道。

「一直以來都是如此。我覺得很好的事情，全部都會導向最糟糕的結果。像我這樣的人，根本不能為你們的交往……還有結婚……給予祝福。」

她不帶感情且平淡地講著，其真心無法從表情上看出來。

「你們應該也不想再看到我了吧……請放心，我不會再來這裡了。今後也會跟以前一樣，扮演好『名義上的監護人』這個角色。」

啪噠。玄關的大門關上。

京香姑姑從我們面前離開了。

「…………」

「…………」

我跟紗霧看著對方，不管是我或紗霧都說不出話來。

這份衝擊就是如此強烈。

明明覺得必須想辦法解決這個情況……
但我卻都無法動彈，連一步都跨不出去。

＊

我轉身背對正宗他們，邁出腳步。
走出和泉家的門，再繼續走。
心裡雖然充滿了懺悔與後悔……但應該沒有被發現才是。
只有現在這種時候，才慶幸我的表情如此嚴肅冰冷。
是否從一開始……我就該這麼做了？
照實把真相全部說出來，讓自己被討厭會比較好吧？
不……當時他們兩人才剛失去雙親，不能再給予更重的負擔……那時候最適合成為監護人，收養那些孩子的，不管怎麼想都只有我。
所以……不，不對。不是這樣的。這不是謊言，但也不正確。
我隱藏真相的最大理由，是因為我不想被那兩個孩子憎恨。
最討厭又最喜歡的人們留下來的孩子，身為不幸元凶的「我」是想要靠「自己這雙手」來幫助他們。

不只是如此。

可以的話，還希望能跟她們變得親近，希望獲得仰慕。

「……真是卑鄙。」

憶起當時的狀況，讓我厭惡自己到想死的地步。

既然如此，為什麼不把真相隱瞞到最後？

沒有決心讓謊言成為事實就隨口說謊，被逼問到最後無法隱瞞——

結果毀了這一切。在對他們兩人而言這麼重要的時期，給他們施加了沉重的負擔。

我的選擇，總是錯的。

只會事與願違。

所以我還是遠離重要的人們比較好。不在他們身邊比較好。

這次要徹底執行。恢復到像以前那樣，不是家人的關係。

既然都是犯錯，那我的過錯就不能影響到孩子們。

「………………」

被孩子們喊著京香姑姑、京香……

被託付很重要的事情。

一起生活。

這讓我有幫上他們的實感。

——讓我在短暫期間內，作了場美夢。

已經足夠了。

我像是要甩開留戀般加快腳步，逐漸遠離家。

「對不起，再見了。」

當我悄聲低語，想再邁出腳步時——

「京香，等一下！」

此時，我聽見不可能出現的聲音。

我的手……也被人緊緊抓住。

「什……」

猛然回過頭，我看見拚命想要留住瘟神的……紗霧。

我以為自己還在作夢。

「紗、紗霧……！妳能……到外頭……！」

「……哈啊……哈啊……呼啊……唔！」

這是距離玄關不到十公尺的距離。但即使如此，還是很不可能的事。

當了兩年的家裡蹲，現在也幾乎無法走出房間，最近才終於開始想要外出的紗霧……

現在站在「家外頭」抓住我的手，用真摯的眼神抬頭看著我。

她沒穿鞋，還是光著腳。呼吸急促，額上冒出冷汗，臉色發白……即使如此，抓住我的力道還是沒有減弱。

「哈啊……哈啊……京香……咳咳！」

紗霧開始咳嗽，幾乎沒辦法說完整句話。

我在混亂之中，聽到那句話。

「不要離開我們！」

「——————」

「笨蛋！為什麼……！擅作主張……！我……！」

紗霧對僵住不動的我，斷斷續續地大喊著。

不過這些斷斷續續的句子，對我來說實在太過理想。

這一定是幻聽，不可以懷抱希望。

「紗霧！」

正宗跑到妹妹身邊來。

他跑到這裡明明只過了幾秒，我卻感覺像在看慢動作播放般一樣漫長。

「妳沒事吧！」

「……哈啊……哈啊……」

狼狽的紗霧看了一眼擔心的哥哥。

「我……沒事……所以…………拜託你了。」

「…………」

似乎只要這樣就能傳達意思般，正宗不發一語地點點頭。

他看著我說：

「京香姑姑。」

「……是、是的。」

一瞬間，他的臉龐跟某人的容貌重疊。

「把自己想講的話講完就走掉，這也太狡猾了。請妳也聽聽我們的意見。」

「！……說得……也是。你說得沒錯……」

這兩個孩子有譴責我的權利。

不管被多麼憎恨的言語痛罵，我都有義務承受。

我又做錯事了，必須在離開前修正過來。

「我明白了，請說吧。」

我吐出一口氣，他就邊挑選詞彙邊開口說：

「那……個……就是說，首先——我嚇了一跳。因為媽媽、老媽跟京香姑姑的關係跟我想的幾乎完全不同……而且，我也很意外建議他們再婚的人是京香姑姑……」

我還以為是反過來——他這麼說。

「你以為我反對再婚嗎？」

「我真的是這麼認為的。不過聽完剛才妳說的話，我完全理解了——京香姑姑是覺得自己有責任，才會領養我們。」

「這點不太正確。不只是責任或罪惡感……我領養你們也是覺得，如果能幫上忙……或許可以跟你們變親近，受到你們仰慕。」

我老實說出這卑鄙的想法。

因為我覺得這是最後了。

「雖然這麼說，但那時候的京香姑姑沒有想要跟我們變親近的感覺吧？」

「那對我來說，就是『想變親近的感覺』了。」

「…………………」

正宗暫時陷入沉默。

想必是感到訝然吧。

他說了句「總而言之……」回到主題上。

「關於『領養我們的理由』，這點我理解了。不過，關於『無法對我們的交往給予祝福』這件事就無法接受，還有京香姑姑堅稱老爸和媽媽過世的原因在於自己身上這點也是。」

「！所以說，那是——」

「我沒說這不是京香姑姑的錯。」

正宗用強硬的語氣打斷我講到一半的話。

「這點，我想紗霧的想法一定跟我一樣……聽完剛才的話以後，我內心的確有怨恨京香姑姑的心情。如果沒有京香姑姑的話，老爸還有媽媽說不定就不會過世。」

「……對。」

這句話直接刺進我的胸口。但是──他又繼續說下去：

「決定新婚旅行日期的人是老爸……是配合我們兄妹決定的。因為雙親不在的期間，我們得要兩人獨處一個星期。」

「…………你想說什麼？」

「這件事我也有錯。我……想必紗霧也一樣……一定都一直覺得是自己殺死了爸媽。就跟京香姑姑一樣。」

「什麼……！怎麼可能！為什麼會變成這樣！」

「就是這麼一回事。」

他微笑地指著我的臉。

「我們現在也是這種心情。」

「～～～～～～～～～～～～～～」

臉上瞬間變得滾燙。我咬緊牙關，忍住這難以言喻的感覺。

這時，正宗不知為何很害羞地紅著臉頰。
「再說啊……聽了剛才的話我才注意到。」
「沒有京香姑姑在的話，我跟紗霧就無法相遇了嘛。」

「這個！就是這個！」
依舊處於瀕死狀態的紗霧頻頻發出同意聲。
她稍微調整呼吸後說：
「京香為我們帶來了奇蹟。帶給我們許許多多『最喜歡』的事物，甚至可以忘掉過去那些『討厭』的事物。妳總是……非常……擔心我們……總是非常疼我們……」
「我和紗霧都很感謝妳喔。」
「嗯……妳是我最喜歡的……另一位媽媽。」
「嗚……嗚嗚……嗚……」
視線因滿溢的淚水而模糊。我已經看不見他們兩人的臉龐了。
「那個……所、所以！」
「從今以後，也請繼續跟我們在一起。」
哥哥的結婚典禮。

兩人幸福的笑容。

當時的情景閃過我眼前。

「……真、真拿你們沒辦法……你們……真的是……」

和泉京香最大的恥辱……這天又增加了一項。

終章

終章

經過京香姑姑這件事後的當天晚上。

我們在紗霧房間裡面對面。

「……總覺得，今天一整天發生了好多事情呢。」

「……嗯，是呀。」

我認真地點頭同意紗霧的這句話。

我們成功把京香姑姑帶回家裡後，接下來又是一陣手忙腳亂。

就像走到陽光底下的吸血鬼一樣，紗霧昏倒在地。

京香姑姑還是放聲哭泣，停不下來。

要說最重要的事情，就是最後我們的結婚和交往，都還沒獲得京香姑姑的允許。

京香姑姑停止哭泣後，我們曾有過這麼一段對話。

『——我現在，還不能同意。』

『現在……還不行嗎？』

『是。跟我比起來——必須先向他們報告吧？不可以搞錯順序喔。』

『咦……？那是指……』

『我也會一起去拜託的……所以讓我們跟紗霧三個人一起去見他們吧。』

喔，是這樣啊。京香姑姑的言下之意，我也能明白。

『既然如此……就要等到紗霧能好好走到外頭……對吧。』

『沒錯。到明年夏天前，應該就準備好了吧？』

『我是這麼打算。』

因為我們的夢想將在春天——也就是四月實現。

「所以說，直到妳能外出之前，我們都不能結婚。」

關於交往方面，也是要在那之後再取得許可。

「我會加油。」

紗霧想用雙手展現出肌肉。

不過當然沒有肌肉可以展現，就只是非常可愛而已。

「啊，剛才那是類似奇蹟的產物。所以就算你要我再做相同的事情，也已經辦不到了喔。」

「我知道啦，不會催妳的。」

萬一又昏倒，我也很困擾。

「……………」

「……………」

兄妹之間短暫地陷入沉默。

其實我有個想要講出口的話題，正在計算時機。

——太完美了，哥哥。就這麼辦吧。

大家還記得嗎……就是我找惠商量的那件事。

「……那個，紗霧？」

「什麼事，哥哥？」

「啊，稱呼變回來了。」

「因為這樣比較好叫嘛。」

「也對，那這麼叫也行。」

「可以嗎？」

「嗯。」

「不會覺得……好像恢復到以前的關係嗎？」

「不會不會。證據就是……這樣說也好奇怪，呃……怎麼辦……明明有想過台詞，可是卻全部忘光了。」

「？哥哥好奇怪。」

紗霧疑惑地歪著頭，這讓我更加緊張。

「啊～就是說……那個……哎喲！」

不管了啦。

我把一直藏在背後的東西，遞給紗霧。

「紗霧，請妳——收下這個！」

放在我手掌上的，是個小小的盒子。

「！哥、哥哥……這、這個……是……」

「是訂婚戒指。」

深愛之人的臉龐，逐漸染成鮮紅色。

她既害羞，又緊張……想必我的臉也變得跟蘋果一樣了吧。

「妳願意收下嗎？」

「…………」

紗霧發出「呼哇哇……」的聲音，雙眼咕溜溜地轉著。

不久後，她從我手掌上拿起小盒子。

「我願意。」

就這樣。

和泉正宗與和泉紗霧，這次正式訂下婚約。

後記

我是伏見つかさ。

非常感謝各位購買情色漫畫老師第九集。

撰寫這篇後記的現在是四月，不過情色漫畫老師的動畫終於要開播了。

各位讀者們對於動畫有什麼樣的感想呢？這點我很在意。

我目前也還只能看到第三集，所以不只是站在原作者的立場，也作為一名粉絲期待著下一集的播出。

雖然人家常說「盡人事，聽天命」，不過能對作品自豪地說出「我已經盡力了。」這句話，是非常難能可貴且十分稀有的情況。從事這份工作十年，讓我有深切的體會。

我想要告訴各位讀者的是，情色漫畫老師的動畫是在非常難能可貴的環境下所誕生的作品。可以說是動畫製作小組傾注所有心血製作出來的動畫。

至於會成為怎麼樣的一部動畫，希望大家能跟我一起看到最後。

請讓我寫一些動畫的感想。

雖然是第一次揭露，但作為《情色漫畫老師》舞台的城鎮，是以我二十多年前居住的地方當作範本。

當然，經過二十年的現在，現實世界裡已經改變了許多——不過情色漫畫老師還是刻意用只出現在我回憶中「被美化的過去城鎮」作為範本撰寫出來。

這件事我應該沒有跟竹下導演說過，但動畫製作小組的各位為了創作出更棒的畫面，而讓風景跟現實上有一些不同，其成果和我「回憶中的城鎮」相當接近。雖然恐怕只是偶然……但是看動畫第一話時，卻讓我有股奇妙的懷念心情。

而作為這部作品的舞台，原作跟動畫也有不同的部分。

動畫跟原作不同，征宗跟智惠是經過荒川河堤或千住新橋去上學。當時從竹下導演口中聽到這個提案時，我因為幾個理由而有些抗拒。不過由於我相信他說「絕對會製作出很棒的影像。」這句話，就說「那就這麼辦吧。」而定案。

我覺得這個上下學的場景真是太棒了。

信任他真是正確答案。竹下導演，謝謝你！

雖然上下學時的智惠比我想像的還像女朋友，這讓我有些困惑……

不過很可愛，所以ＯＫ！

另外，《轉生銀狼》等作中作的集數還有發行量，以及征宗挑選的零食種類也有不同……其實我也曾經帶許多「像是征宗會挑選的零食」到腳本會議上，然後請導演吃吃看來進行討論喔。

後記

這次的動畫製作也非常愉快。

雖然時程上每天真的都很辛苦……不過工作本身很愉快，所以讓我好幾次因此獲得救贖。

情色漫畫老師最受惠的，不只是動畫而已。

rin老師的漫畫化十分理想，合集還有短篇集裡也收錄了非常優秀的作品。因為會害羞所以我就不列舉名字，不過由於我個人是某位參與漫畫家的粉絲，所以就當成傳家之寶了。

跟動畫聯動下，伏見つかさ十週年企畫也有各式各樣的新發表。

請讓我在此正式為各位介紹主要的企畫項目。

首先第一個，是設立了名叫「伏見つかさ頻道」的網頁。

從這邊的網址可以連結過去。（http://ch.nicovideo.jp/tsukasa-fushimi）

現在有「頻道會員限定的niconico直播」以及「頻道內部落格企畫『網誌漫畫老師』」等等的內容。

今後也預定會增加製作新垣綾瀨的對話型人工智能「ＡＩ綾瀨」，「我的老婆（綾瀨）哪有這麼可愛」等等全新企畫。

方便的話，歡迎大家加入會員。

第二項通知。

目前正在進行《我的妹妹哪有這麼可愛if》這本書的企畫。

PSP遊戲「我的妹妹哪有這麼可愛！攜帶版」裡，有我自己撰寫的遊戲劇本。但其中「綾瀨路線」的潤飾修正版，預計將由電擊文庫以前後篇的形式發售。

至於由我撰寫的其他遊戲劇本又是如何？

沒有被寫在「我妹攜帶版」的那位女主角的劇情又會如何？

我有預料到會被問到這些問題。

雖然企畫能不能得到允許，得要看綾瀨路線的反應如何，但我有著強烈的撰寫意願，還請大家等待後續消息。

雖然都是還沒有決定的事項，讓我感到很過意不去……不過關於遊戲裡沒有撰寫的「黑貓路線」，預定將推出全篇新發表的小說。

第三項通知。

附在動畫版《情色漫畫老師》BD與DVD的特典已經製作完成。

第一集的特典是名叫《情色漫畫老師if先行體驗版》的新發表短篇小說。有妖精篇、村征篇還有附錄的惠篇這三篇，內容是「如果征宗跟○○訂婚的話？」這種if情節，是非常甜蜜的故事。

會叫「先行體驗版」是因為原作小說也預定會撰寫這種感覺的劇情，大概是這個意思。

第二集以後的特典是廣播劇ＣＤ。

內容包羅萬象，但列舉主要的就是……

「情色漫畫老師╳我的妹妹哪有這麼可愛 合作廣播劇ＣＤ」。

「情色漫畫老師 if 與女主角們的新婚生活．體驗廣播劇ＣＤ」。

「與紗霧的同居生活．體驗廣播劇ＣＤ」。

這些內容。

每一篇都是最新力作，希望能讓各位看得開心。

各個特典的正式名稱還請至動畫的官方網站確認。

也有些特典沒有在此寫出來，請各位一併確認喔。

第四項通知。

我在十週年裡親自參與的工作中，正在進行一個佔掉大約一半工作量的企畫。

雖說依照慣例，我沒辦法說詳細內容……不過我想這個企畫會比《我妹 if》先問世。我目前很有幹勁地製作中，請大家敬請期待。

雖然有許多新企畫正在進行中……但目前還有許多未完成的部分，時程也排滿了。讓各位久等，真的很不好意思。

雖然會比過去的步調要慢，不過直到情色漫畫老師第十集的發售日發表為止，我發誓會繼續全力向前衝刺。

二〇一七年四月　伏見つかさ

Kadokawa Light Novels

阿玉快跑！被捲入亂七八糟的青春戀愛喜劇還是覺得生在世上真是太好了。

作者：比嘉智康　插畫：本庄マサト

如果你只剩一週可活會怎麼辦？
多角關係青春戀愛喜劇開演！

「玉郎」玉木走太被醫生宣告壽命只剩下一個星期。他的三名兒時玩伴提議「來瘋狂做一堆會讓自己覺得『生在這個世界真好』的事情」，並找來玉郎暗戀的美少女月形嬉嬉，玉郎甚至在死前得到了嬉嬉一吻——結果才發現是醫師誤診——!?

NT$180/HK$55

台灣角川

Kadokawa Light Novels

黑暗騎士不可脫 1~3 待續

作者：木村心一　插畫：有葉

誕生於起居室的黑暗騎士戀愛喜劇，好評暴衝中！

無表情蘿莉型女主角田中Noie的恐怖未婚妻出現在啟治等人面前。為了從她的魔掌中保護Noie，啟治策劃了一個演給未婚妻看的甜蜜約會計畫。約會就交給金髮巨乳型女主角黑暗騎士同學了。射飛鏢、撞球……黑暗流約會講座的內容有些成人取向？

台灣角川

各 NT$180/HK$55

Kadokawa Light Novels

喜歡本大爺的竟然就妳一個？ 1~3 待續

作者：駱駝　插畫：ブリキ

新登場的美少女轉學生突然說要為我效勞，
身為路人的我可是會徹底照單全收！

一個美少女轉學生迫切盼望能為我「效勞」。一般的戀愛喜劇主角遇到這種情形，通常都是窘迫地拒絕，但我會照單全收，走上正因為是路人才走得了的後宮路線！另外，難得換上真面目的Pansy和我大吵了一架……我做出覺悟，要對Pansy「表白」！

各 **NT$220~230/HK$68~70**

台灣角川

Kadokawa Light Novels

今天開始靠蘿莉吃軟飯！ 1～2 待續

作者：暁雪　插畫：へんりいだ

小白臉這回居然上了蘿莉酒家!?
還逼問三個蘿莉內褲的顏色簡直人渣!!

靠超級有錢美少女小學生吃軟飯的我——天堂春，今天還是自由自在的貪睡耍廢，用蘿莉的錢享受度日。我高舉著體驗人生的旗幟，拜託蘿莉三人組開了間「蘿莉酒家」！相信這也可以成為我的漫畫創作泉源……沒錯吧？小心甜到爆的吃軟飯生活！

台灣角川

各 NT$200/HK$60

Kadokawa Light Novels

三千世界的英雄王 1 待續

作者：壱日千次　插畫：おりょう

歡迎來到充滿中二的學園都市——
中二們的超大型戰鬥戀愛喜劇！

在學園都市「三千世界」裡，人們為格鬥競賽「暗黑狂宴」狂熱。被譽為「舉世無雙的天才」的劍士．刀夜決心參加暗黑狂宴，然而，學園長卻要求他變成「最弱的邪惡角色」參賽！他將和美麗的大小姐及自稱機器人的幼女組隊，踏上成為英雄王之路！

NT$220/HK$68

台灣角川

國家圖書館出版品預行編目資料

情色漫畫老師. 9, 紗霧的新婚生活 / 伏見つかさ作
; 蔡環宇譯. -- 初版. -- 臺北市 : 臺灣角川, 2018.01
　面；　公分
譯自 : エロマンガ先生. 9, 紗霧の新婚生活
ISBN 978-957-564-001-9(平裝)

861.57　　　　　　　　　　　　106021774

Kadokawa
Fantastic
Novels

情色漫畫老師 9
紗霧的新婚生活

（原著名：エロマンガ先生 9 紗霧の新婚生活）

2018年2月1日　初版第1刷發行
2021年1月11日　初版第4刷發行

作　者：伏見つかさ
插　畫：かんざきひろ
日版設計：伸童舍
譯　者：蔡環宇

發行人：岩崎剛人
總編輯：蔡佩芬
編　輯：蘇涵
設計指導：陳晞叡
印　務：李明修（主任）、張加恩（主任）、張凱棋

發行所：台灣角川股份有限公司
地　址：105台北市光復北路11巷44號5樓
電　話：（02）2747-2433
傳　真：（02）2747-2558
網　址：http://www.kadokawa.com.tw
劃撥帳戶：台灣角川股份有限公司
劃撥帳號：19487412
法律顧問：有澤法律事務所
製　版：尚騰印刷事業有限公司
ＩＳＢＮ：978-957-564-001-9